Askold Melnyczuk

Mindestens tausend Verwandte

Askold Melnyczuk

MINDESTENS TAUSEND VERWANDTE

ROMAN

Aus dem Amerikanischen
von Martin Amanshauser

Deuticke

Die Originalausgabe erschien erstmals 1994 unter dem Titel *What is told* bei Faber and Faber, Winchester/USA.

1 2 3 4 5 10 09 08 07 06

ISBN-10: 3-552-06037-5
ISBN-13: 978-3-552-06037-1

Satz: Eva Kaltenbrunner-Dorfinger, Wien
Druck und Bindung: Ebner & Spiegel, Ulm
Printed in Germany

Für meine Eltern, Edward und Olena,
und für meine Schwester Hannusia

»Gibt es etwas Wahreres als die Wahrheit? Ja, die Legende. Sie gibt der flüchtigen Wahrheit ewige Bedeutung.«

NIKOS KAZANTZAKIS, *Rechenschaft vor El Greco*

»An den Abenden findet man die Bewohner der entlegenen Dörfer rund um Lagerfeuer oder in niedrigen Holzhütten, wo sie Geschichtenerzählern lauschen, die epische Heldengeschichten singen oder nacherzählen. Diese sogenannten *Starina*, die in mündlicher Überlieferung von Generation zu Generation weitergegeben werden, von Vater zu Sohn, beschreiben die standfesten Krieger von Kiew, die mit mächtigen Schwertschlägen ihre Feinde entzweischlugen ...«

B. BOBRICK, *Ivan der Schreckliche*

Besetzung

*Toor Zabobon**, König der Rozdorizhaner
Olha, seine Frau
Cyril, sein Bruder

Zenon Zabobon, Professor für Kunstgeschichte in Rozdorizha
Natalka, seine Frau
Stefan, sein Bruder
Slava Lastivka, Tochter von Zenon und Natalka

Arkady Vorog, Gatte von Slava Lastivka
Bohdan, ihr Sohn

Edward Zaremba, Cousin

Kopf, Vorarbeiter auf der SeaLand Plant

Dr. Wilhelm Kaiser, Nachbar

Gwen McDonald, Nachbarin

Mindestens tausend Verwandte

* Zabobon bedeutet auf Deutsch Aberglaube.

SEEFAHRER

Die Frau ist die Zukunft

Im Jahr 1914 lehnte Zenon Zabobon, Professor für Kunstgeschichte am Knabengymnasium in Rozdorizha, einen Job als Kurator der Skythen-Sammlung im Londoner Archäologiemuseum ab, weil er sich, wie er seinem jüngeren Bruder Stefan in einem Brief erklärte, verliebt hatte. Stefan antwortete: »Idiotisch, seine Karriere für eine *vooman* zu opfern, *mon frère*.« Stefan studierte an der Universität in Wien, wo er sich, wie es hieß, einen kleinen Harem hielt. Zenon hörte nicht auf ihn. Er betete die schwarzäugige, üppige Natalka an. Außerdem benötigte sie seine Hilfe. Sie war neu in der Stadt und hatte eindeutig zu viele Verehrer. Männer strömten in die Bäckerei, in der sie mit ungeschickten Fingern Päckchen voll Süßigkeiten verschnürte. Ohne Zenon würde sie als Bardame enden oder schlimmer. Sie zu heiraten war weniger ein persönliches Glück als ein Dienst an der Öffentlichkeit.

Als Stefan von der Entscheidung hörte, schrieb er in sein Tagebuch: »Mein Bruder ist ein Trottel. Das ist ein weiterer Beweis dafür, dass er nach Vaters Seite der Familie gerät. Den Zabobons geht jeder Instinkt für Ehen ab.«

Stefans Tagebuch bog sich unter der Last unzähliger Projekte, unter ihnen seine *Aufzeichnungen für eine Theorie der Ehe*; Notizen für einen Essay namens *Die Metaphysik des Reisens*; und eine Menge Skizzen für seinen ehrgeizigsten Plan: Er plante die Geschichte seiner Heimatstadt Rozdorizha den Ereignissen in der restlichen Welt gegenüberzustellen. Da gab es etwa das Jahr 1492, als Kolumbus in Kuba landete, als Leonardo da Vinci seine erste Flugmaschine skizzierte und als Rurik Zabobon die Kuh seines Nachbarn schlachtete, was eine Fehde anzettelte, die drei Jahrhunderte dauern sollte.

Sie heirateten, als Erzherzog Franz Ferdinand in Sarajewo erschossen wurde. Es war ein schwüler Nachmittag gegen Ende des Monats Juni. Taglilien bedeckten den Altar.

»Wieso heiraten Leute bei einem solchen Wetter?«, grollte der Priester, als er das Messkleid über seine Robe streifte.

Zunächst schien niemand den Tod des Erzherzogs zu registrieren. Die ungarische Börse stieg sogar um einige Punkte. Wochen vergingen, bevor die Österreicher beschlossen, den Serben zu zeigen, wo es langging. Kaiser Franz Joseph sagte: »Wenn die Monarchie schon enden muss, dann soll ihr Ende ein ruhmvolles sein.«

Bald erkannte Zenon, dass er einen Krieg an zwei Fronten führte.

Natalka war ein Musterexemplar ukrainischer Weiblichkeit. Alles, was ihr fehlte, war die richtige Erziehung. Diese Aufgabe würde er übernehmen. Er hielt ihr Vorträge, bei denen er mit seinen Bifokalbrillen wie mit einem Taktstock herumfuchtelte. Als fortschrittlich denkender Mensch glaubte Zenon an die Emanzipation der Frau. Er wollte eine Ebenbürtige, aber eine, die er selbst erschaffen hatte.

Natalka hatte keine Ahnung, was sie von der Ehe erwarten sollte. Das Einzige, was sie darüber wusste, hatte sie bei ihren Eltern gesehen. Die beiden verrichteten Feldarbeit für polnische Grundbesitzer. Tagein tagaus pflügten, säten und mähten sie. Am Abend brüllten sie aufeinander ein. Während ihrer Waffenstillstände sanken sie erschöpft auf die strohgefüllten Matratzen, einer über den anderen. Solche Friedensverhandlungen führten zur Geburt von zwölf Jun-

gen und Mädchen, die zu zweit oder zu dritt auf den Strohmatratzen am Boden ihrer Ein-Zimmer-Hütte schliefen. Natalkas Mutter zog ihre Nachkommenschaft mit einem Brei aus Mohnsamen auf, den sie in Milch hochkochte. Diese Formel war so erfolgreich, dass die meisten ihrer Kinder während ihres gesamten restlichen Lebens täglich mehrere Gläser dieses Getränks zu sich nahmen.
Natalka kam ihren Eltern wie ein Kuckucksei vor. Sie war hübsch, schwächlich und sehr eigensinnig. Am liebsten umarmte sie Sonnenblumen und drückte ihren großen Mund direkt in die Mitte des schwarzen Samenapparats. Regelmäßig spazierte sie auf eigene Faust in den Wald, wo wilde Bären in den Büschen knurrten und wo sie andächtig dem Flüstern des Windes in den Kiefern lauschte, so lange, bis die Bäume sich fragten, was das Mädchen von ihnen wollte. Ihre Mutter schimpfte andauernd mit ihr und nahm regelmäßig den pädagogischen Riemen zu Hilfe.
Natalka fühlte die Hiebe ebenso wenig, wie sie die Lektionen hörte. Es schien ihr währenddessen, als würde sie Radiowellen empfangen, die zwischen den Weltstädten hin und her sausten. Eine wahrsagende Zigeunerin bemerkte ihre langen Finger und sagte voraus, dass sie als Konzertpianistin in Wien, Paris und London spielen würde.
»Und nach New York wirst du gehen.«
»Wo ist New York?«
Die Welt jenseits des Dorfs war ein einziges Gerücht. Nur Onkel Yarko, der mit den Hühnern lebte, wusste Näheres darüber. Beim Ausstreuen des Futters redete er über Städte, in denen die Sonne nie unterging und wo Flüsse durch die Wohnhäuser flossen, sodass die Menschen durch ihre Zimmer schwammen und anschließend die Straßen in geräderten Eimern entlangschaukelten. Ihrem Hausverstand zum Trotz glaubte das Mädchen jedes Wort.

Die nächsten vier Jahre jagte sie einem Klavier hinterher. Einmal kam ein Ziehharmonikaspieler mit einem blinden Harfinisten durch das Dorf. Der Ziehharmonikaspieler ließ das Mädchen mit den Fingern die Tasten drücken, während er das Instrument quetschte.

»Ist das wie ein Klavier?«, versuchte sie.

Er lachte auf. Dieses Ding sei ungefähr so nahe an einem Klavier wie Hundegebell an einer Engelsstimme. Doch für seine Bedürfnisse würde das allemal reichen, denn er verbringe ja deutlich mehr Zeit mit Hunden als mit Engeln.

Zuerst verliebte sie sich in Zenons Stimme. Sein Gesicht verschwamm unter seinen dicken Bifokalbrillen. Er trug konservative Kleidung, bevorzugte blaue Anzüge mit dazu passenden Fliegen. Immer schleppte er eine Aktentasche mit sich herum, die von Büchern und Papierkram überquoll. Natalka war der Inhalt egal. Wenn Zenon Backwaren verlangte, klang seine Stimme halb brummig, halb betörend. Der Tonfall erinnerte sie an den Wald. Es war gar nicht so wichtig, was er sagte, sie beschäftigte sich nicht mit seinen seltsamen Ideen, seinen geschwollenen Vorträgen über den edlen Wilden, die Weisheit des Bauernstandes, die Bedeutung des Nationalismus. Während sie eine Schnur um seine Packung Süßigkeiten band, lauschte sie ausschließlich dem Klang seiner Worte.

Zenon hatte viele Leidenschaften, darunter Lord Byron und Taglilien. Er glaubte, dass sein Vaterland sich vom Einfluss der Nachbarn befreien musste – Russland, Polen und Österreich. Darüber hinaus musste es die Reinheit seiner Sprache bewahren. Die Sprache würde weiterleben, erzählte er Natalka, solange es Menschen wie sie gab: Sie war der Nationalschatz.

Er bat sie, ihm die Lieder vorzusingen, die sie von ihrer Mutter gehört hatte. Er wollte sie für seine Enkelkinder bewahren, für die Geschichte.
Natalka verabscheute die rührseligen Melodien – sie mochte die Wehklagen der Mädchen, die von ihren Liebhabern verlassen worden waren ebenso wenig wie das Frohlocken der Kosaken. Sie bevorzugte die moderne Musik, die aus den Cafés im Studentenviertel drang.
Da gab es ein Lied über Kraniche, das sie ihm immer und immer wieder vorsingen musste, während er in ihrem Schoß lag und von der Freiheit träumte. Natalka fuhr mit den Fingern durch sein dünnes Haar. Sie dachte an ihre Mutter, die auf ihren Vater einbrüllte, während ihre Brüder und Schwestern, tief versunken in milchigen Opiumträumen, versonnen lächelten.
Gleich nach den Flitterwochen zog sie in seine Wohnung. Die vier Zimmer hatten eine hohe Decke, mit Mahagonileisten und einem großen Ofen in der Küche, der während der langen Winter Wärme ausstrahlte. Zusammen mit ihnen lebte auch Ihor, der stumpfsinnige taubstumme Bruder, den Zenon seit dem Tod der Mutter pflegte.
Eines Morgens ertappte sie Ihor dabei, wie er mit sich spielte. Natalka warf einen Polster nach ihm. Ihor grinste. Jedes Mal, wenn sie das Gefühl bekam, ihr Ehemann versuche sie als Aufpasserin seines Bruders zu verwenden, stieß sie einen Wutschrei aus. Dienstmagd war sie einfach keine. Sie war nicht in die Stadt gegangen, um hier ein ähnliches Leben zu führen wie ihre Mutter am Land. Begriff er denn nicht, wer sie war? Und wieso versuchte er sie andauernd zu ändern? Sie mochte sich selbst auch ohne seine Bücher und Theorien. Und wenn er sie nicht so akzeptierte, wie sie war, herzlichen Dank, er konnte ja gehen. Oder sie würde gehen. Warum verordnete er ihr pausenlos, was sie von Gott, Mutter-

schaft und Vaterland halten sollte, wo sie diese Dinge doch auch ohne ihn völlig durchschaute?
Natalkas Einfluss war innerhalb der vier Wände des Schlafzimmers am größten. Dort musste Zenon seine schlimmsten Niederlagen hinnehmen.
Trotz alldem, sagte sich Zenon, als er nach einem Streit durch die nächtlichen Straßen schlenderte, hatte sie eine Menge guter Eigenschaften. Sie war ehrlich, sie war pragmatisch, sie wusste, wie man mit dem Fleischhauer umsprang. Jadviga, die alte Köchin seiner Mutter, fand auch nichts an seiner Frau auszusetzen. Natalka mochte die Predigten über das Bauernleben verspotten, aber sie sorgte für Kalbfleisch mit Tomaten und saubere Hemden mit gestärkten Krägen. Ihre Kleidung nähte sie selbst. Sie war hübsch und verlässlich und hatte angenehme Rundungen. Also konnte es nicht so schlimm sein, wenn ihr die Geschichte von König Toor und der Errichtung von Rozdorizha gleichgültig war!

Die Zabobons hatten über tausend Jahre in Rozdorizha gelebt, bevor sie der Krieg letztlich doch in andere Gefilde treiben sollte. Sie waren harte, eigensinnige Leute. Nach einem alten Sprichwort würden sie die Stadt erst an jenem Tag verlassen, an dem die Berge ins Schwarze Meer geschwemmt wurden. Doch der Krieg war zäher als die Legende. Der Krieg war ein richtiger Gott.
Schon immer hatten Kriege und Invasionen stattgefunden. Über die Jahrhunderte hinweg waren die Friedhöfe der Stadt angeschwollen. Skelette, blasser als die Kerngehäuse alter Äpfel, skandierten: »Raum, gebt uns mehr Raum!« Um sie zum Schweigen zu bringen, stachen die Lebenden Äcker um und holzten Wälder ab.
Die Toten blieben aber nicht tot. Sie erhoben sich, stolper-

ten mit verrotteten Körpern, verschmiert von Blut und Schmutz, durch das Dorf, peinigten ihre versteinerte Verwandtschaft.
Nichts davon ängstigte Toor. König Toor Zabobon schlief in Wolken gehüllt, die er jede Nacht vom Himmel pflückte. Er scherzte mit dem Wind und er hatte eine gute Gesprächsbasis mit dem Regen. Er fürchtete sich nicht vor den Omen, die andere in Schrecken versetzten. Warum sich den Kopf zermartern über eine Krähe, die an einem menschlichen Herzen knabberte, oder über eine Froschplage, die die goldene Steppe in ein grünes Meer verwandelte?
Auch hatte Toor keine Angst vor den Tataren. Wenn sie kamen, lag er schon auf der Lauer. Groß gewachsen wie fünf Speere, mit Fingern aus Eisen, Beinen aus Bronze, war er eine natürliche Kampfmaschine. Er nannte die Tataren »Barbaren« und ihre Pfeilsalven schleuderte er zurück.
Er erinnerte sich seiner Herkunft. Was ihn von seinen Vettern, den Bäumen, unterschied, auf denen er in meditativen Augenblicken kauerte, war, dass er im Gegensatz zu ihnen gehen konnte. Das war nicht ausschließlich ein Segen, denn ein Mann, der das Gehen beherrschte, würde nur allzu bald begreifen, dass man auch davonlaufen konnte. Ein Baum hatte dagegen keine Wahl, er musste stehen bleiben. Toor fühlte sich diesen ersten Bürgern treu verbunden, den Pappeln, Maulbeerbäumen und Föhren. Die Pappeln hatten Knospen, aus denen er eine Salbe gegen Verbrennungen und Hämorrhoiden herstellte. Ein Extrakt aus Föhrenrinde milderte seinen Durchfall. Sogar die Weiden waren ihm nützlich, mit einem Sud aus ihren Blättern bekämpfte er seine Schlaflosigkeit. Solche Freunde würde er niemals verlassen.
Um sie zu verteidigen, kommandierte er die Frontlinie. Er stürmte mit seinem Schwert durch die Reihen der Tataren.

Als Antwort hackten sie ihm seinen rechten Arm ab. Er schwitzte Feuer, riss seinen Speer hoch und schleuderte ihn so geschickt, dass er eine Reihe dieser Söhne von Hagar aufspießte. Er schritt zu ihnen hin und zog den Speer mit eleganter Bewegung aus den Körpern seiner Feinde heraus. Mit der anderen Hand zog er das Schwert, polierte es mit einem Ochsenleder und marschierte die Reihe entlang, wobei er systematisch einen Mann nach dem anderen köpfte. Nachdem er sechs Köpfe auf einen Haufen geschichtet hatte, kniete er sich nieder zur Detailarbeit. Er entfernte Ohren, Nasen und Skalps, schälte das Fleisch ab. Während er die Schädel im Fluss schrubbte und ausspülte, floss Blut in Strömen über seine Schulter. Nach Vollendung des Werks stieß er eine Weinrebe durch die Augenhöhlen der zwei größten Schädel, schulterte diese und schlenderte zu seinen Mitkämpfern, die rund um ein großes Feuer ihr Gelage abhielten.

»Wir haben gesiegt«, brüllten sie und schüttelten ihre zotteligen Köpfe.

»Wem sagst du das! Schütt den Wein in die Schüssel«, forderte er.

»Woher hast du denn die?«, fragten sie und füllten die Totenschädel.

Als Toor von der Schlacht erzählte, schrie plötzlich jemand auf: »Sie haben deinen Arm abgeschlagen!«

»Ja, dort ist er«, sagte ein anderer und deutete auf die Flammen – und tatsächlich, in der Mitte des gewaltigen Feuers stand Toors rechter Arm aufrecht und die Finger flackerten wie fünf Talglichter. Er lachte laut auf, spülte seine Kehle mit dem Wein.

Die politische Welt

Zenon stimmte in vielen Dingen mit Marx überein, besonders mit den Grundlagen der Werttheorie und mit jenen Stellen des »Kapitals« über die mystischen Eigentumsverhältnisse von Grund und Boden und ihre Neigung, die Menschheit zu versklaven. Während er die revolutionären Aktivitäten rund um St. Petersburg aufmerksam beobachtete, war er selbst ein Nachkomme von Generationen von Priestern (es gab auch andere Familienzweige, darunter Politiker, Zuhälter und Generäle, aber diese Ausnahmen vernachlässigte er, indem er seine Abstammung auf den Priester Cyril zurückführte, Bruder des Königs Toor). Sein Nationalismus war ebenso tief wie seine religiösen Überzeugungen. Er gehörte der »Shevchenko Scientific Society« an. Als die ukrainische Sprache wieder einmal von den Russen verboten wurde, die gerade Rozdorizha erobert hatten, veröffentlichte er einen Artikel über skythische Töpferei und ihre Einflüsse auf die galizische Volkskunst. Die Russen beantworteten diese Provokation mit der Verhaftung Zenons und der Herausgeber dieser Zeitschrift.
In den Jahren des Zwielichts zwischen dem Zarenregime und dem kommunistischen Staat beschloss Gouverneur Chuj, das Kulturleben der Region zu restrukturieren. Damit ging die Unterdrückung aller bourgeoisen Neigungen einher. Das ehrgeizige und verwirrende Programm löste eine Massenparanoia aus. Die Menschen wurden geradezu davon abgehalten, sich für lokale Geschichte zu interessieren.

Stattdessen ermunterte man sie, Veranstaltungen zu besuchen, in denen sie ihrer Loyalität zum Zaren Ausdruck verleihen konnten. Lebenslange Nachbarn beschuldigten einander, Verbrechen gegen den Staat begangen zu haben. Allerorts wurden Intellektuelle und Nationalisten aufgespürt, zwischen Fleischhauern, Milchmännern und Dorftrotteln. Selbstverständlich litten die Juden wieder einmal am meisten unter der Hetze.

Die Polizei vertrat die Auffassung, Ihor, der Taubstumme, sei ein Spion. Niemand machte sich die Mühe, nachzuprüfen, für welches Lager er spionierte. Doch die Beamten mussten etwas unternehmen. Eines Nachmittags brachen sie in Zenons Wohnung ein. Ihor saß im Eck und spielte mit der Katze, indem er auf ihren in die Luft ragenden Schwanz schlug. Da er ihre Fragen nicht beantworten konnte, versetzten die Polizisten ihm Fußtritte und schlugen auf ihn ein. Natalka stieß einen Schrei aus. Sie rannte in die Küche, wo die Köchin hinter dem schwarzen Ofen kauerte, schnappte sich ein Messer und rannte zurück ins Wohnzimmer. Aber die Polizisten waren schon fort und sie hatten Ihor mitgenommen.

Aus dem Gefängnis entlassen, versuchte Zenon alles, um seinen Bruder aufzuspüren. Aber es gab keine Einträge über die Verhaftung.

Ein paar Monate später wurden der Gouverneur und mit ihm die Russen von den Deutschen aus dem Land geworfen.

An einem Tag sah man Lenin in Zürich; am nächsten war er in St. Petersburg. Gerüchte besagten, dass die Romanows am Ende waren. Andere Gerüchte besagten, ihre Macht sei stärker als je zuvor. Österreich stand am Rand der Kapitulation. Es versprach Galizien Unabhängigkeit. Und im Herbst 1917 vollbrachten Österreich und Deutschland ein Wunder: Sie ließen Polen wiederauferstehen.

Ungefähr zu dieser Zeit bemerkte Natalka ihre Schwangerschaft und erhielt die Nachricht, dass der Hauptmann der galizischen Armee, Zenon Zabobon, erschossen worden war.
Die Polen hatten ihn erschossen. Oder die Russen. Niemand wusste das so genau. Die Ukraine schien wöchentlich die Seiten zu wechseln. Der Mann, der Natalka die Botschaft überbrachte, klopfte um zwei Uhr morgens an die Tür. Er trug Zivilkleidung und einen grauen Filzhut, den er wie eine Kosakenkappe nach hinten geschoben hatte. Die linke Hand ließ er während des gesamten Besuchs in der Tasche seines grauen Überziehers. Er blieb nicht, um sie zu trösten.
Außer sich vor Verzweiflung flüchtete Natalka zu den letzten drei Menschen in der Stadt, denen sie noch vertraute. Die meisten ihrer Bekannten und Freunde hatten entweder das Land verlassen oder sie waren verhaftet worden. Ihre Freunde zuckten mit den Achseln und drückten voller Mitgefühl ihre Hand: Was sollten sie auch tun? Sie wussten auch nicht mehr über die diversen Kriege, die gerade geführt wurden.
Natalka wurde vom Fieber gepackt. Sie weigerte sich aufzustehen, sogar als die Köchin Jadviga sie bat, zu Doktor Hlib zu gehen – der einfach keine Zeit für Hausbesuche bei depressiven Frauen hatte. »Es ist nur die Trauer«, erklärte der Arzt der Köchin. »Sie wird es überschlafen.«
Sie schlief. Wenn sie ihre Augen öffnete, fühlte sie sich nicht wach. In ihren Selbstgesprächen verfluchte sie den Zaren. Sie lag danieder, eine Steppdecke unter ihrem Nacken, deren Ränder mit schwarzen Kreuzen eingefasst waren, und schwor Rache gegen diesen österreichischen Thronfolger. Jeden einzelnen Erzherzog auf dieser Welt würde sie töten. Wofür hielten sich diese Männer, deren Überheblichkeit sie um ihren Mann gebracht hatte.

Natalka warf wütende Blicke auf die Bände in Zenons Bibliothek. Warum hatte er sein Leben mit Lesen verplempert? Wem hatte die geballte Weisheit der Bücher je geholfen? Eine Gewehrkugel konnten sie ja doch nicht stoppen! Hatte Zenon nicht immer von *Wundern* gesprochen, das Wunder von Italien, das Wunder von Deutschland, sogar das Wunder von Russland ...

Sie quälte sich aus dem Bett und ging mit einer Schere auf die Bibliothek los.

Am Ende des Tages war die Sammlung eines ganzen Lebens in einen Haufen fahler Würmer zerschnipselt. Befriedigt kehrte sie ins Bett zurück.

Monate vergingen. Ihr Bauch wurde dicker, bis sie aussah, als hätte sie den Mond verschluckt. Im Oktober raffte sie sich auf. In einer Art Trance bewegte sie sich durch die Wohnung und nun ließ sie die Einrichtungsgegenstände wissen, dass sie sich dafür entschieden hatte, weiterzuleben – auch ohne Ehemann.

Gut, sang der Stuhl. *Gut,* antworteten die Vorhänge. *Gut,* dachte König Toor.

Eines Nachmittags, als die Köchin gerade die Wohnung verlassen wollte, um ihre Schwester auf der anderen Seite der Stadt zu besuchen, rief Natalka aus: »Ich glaube, jetzt kommt es.«

Jadviga ließ ihren Koffer fallen, schlüpfte aus ihrem Mantel und watschelte zurück in die Küche.

Später legte sie eine grüne Wolldecke in das Waschbecken, wodurch eine Krippe für das kleine Mädchen entstand, bei dessen Geburt sie geholfen hatte.

Dieses Kind würde niemals die Geschichten des Vaters über die frühen Tage ihrer Stadt hören.

Die Not hielt Körper und Seele wach und geschmeidig. Die Tataren mähten tausende nieder, aber die Rozdorizhaner wuchsen nach, beinahe über Nacht, wie der Weizen ihrer Getreidefelder. Ihr Dorf lag in einem Landstrich, den man später Ukraine nennen würde, nahe einem Landstrich, der später Polen hieß, am Verbindungspunkt zweier großer Flüsse. Die Wechselgesänge des Chors von Profit und Handel mehrten sich unaufhaltsam.

Schon am Tag nach dem Angriff wandten sich die Dorfbewohner dem Wiederaufbau zu. Er bestimmte monatelang den Alltag: Männer und Frauen schwitzten in den Feldern, die Alten zankten am Hauptplatz, Besoffene geiferten in den Tavernen und der Wahnsinnige im Wald erzählte dem wurmigen Gehölz der Wermutpflanze irgendeinen Schwachsinn. Über den Marktplatz hallten die Ausrufe der Wollweber, der Rübenbauern, der Silberschmiede: das ganze raue, tobende Gebrüll der Geschäftemacherei.

Die Flüsse hießen Nebo und Peklo, Himmel und Hölle (wörtlich »heißer Ort«). Der Fluss namens Himmel war breit und sanft, er stieg selten über seine moosigen Ufer, während die reißende Hölle regelmäßig Fluten verursachte und jährlich Todesopfer forderte.

Bei der Brücke, an der sich die beiden Flüsse trafen, nahm Toor jeden Morgen ein Bad. Er watete in den Nebo, beugte sich über den Landstreifen, der die beiden Wasserkörper trennte, tauchte seine Hand in den trüben Peklo, schöpfte Wasser hoch und schlürfte es. Anschließend lag er meist am Rücken und ließ sich von der Strömung zur Mündung treiben, an eine Stelle, wo bei Flut diverse Strudel entstanden. Er schaukelte im Wasser und starrte in den bedeckten Himmel. Wie lange machte er das schon? Hundert Jahre? Zwanzig Jahre? Silberne und grüne Fische sprangen aus dem Wasser, ein Kranich stach durch den Nebel und glitt in einen Wolkenfetzen. Toor schloss seine Augen, sank in einen leichten Schlaf und träumte, in einer anderen Welt zu erwachen, wo alle Menschen winzig waren und aus den großen Häusern silbrige Zweige sprossen. Nun sah er seine Frau Olha nackt aus dem Wasser steigen und auf ihn zukommen. Gleichzeitig hörte er ihre Stimme von weither, sie schrie, dass ein Besucher auf ihn wartete.

Als er seine Hütte erreichte, war sein Körper trocken. Er beugte sich zu seiner Frau hinunter, die das Gemüselamm scherte, und küsste sie. Dann wandte er sich dem mageren, haarlosen Jungen zu, der mit blutigen Füßen neben ihr stand. Er war volle zwanzig Werst durch den Wald gelaufen, um Toor zu warnen – die Tataren hatten soeben acht Dörfer niedergebrannt.

Das Gemüselamm graste friedlich, während Olhas lange Finger durch seine rauchfarbenen Locken fuhren. Zärtlich schnitt sie die dicken Büschel ab. Sie hatte das Lamm aufgezogen und erinnerte sich gut an die Tage, als es ein löwenzahngroßer Sprössling mit winzigen Hufen gewesen war, die nervös über den Boden ruckelten. Es meckerte, mit seinem baumelnden Stängel zwischen den Beinen, und es streckte seinen Hals dem Gras entgegen, umrandete immer wieder den Kreis, den es ausgeknabbert hatte. So bewegte sich das Lamm langsam voran. Sobald dieses Stück Gras weggefressen war, würde sein Sterben beginnen.

»Wetzt eure Speere«, schrie Toor. Das Geräusch der Pferde hörte er bereits einige Zeit, bevor er aus den Wäldern einen Wald von Fellhauben auf dem Kriegspfad auftauchen sah. Die Dorfbewohner blickten verängstigt auf Toor. In den Fäusten hielt er zwei Speere. Er befahl den Leuten, hinter den hölzernen Palisaden, die das Dorf umgaben, in Deckung zu gehen.

Allein zeigte er sich vor dem offenen Tor. Was wollten diese

Barbaren? Einst hatte er einen Tataren beim Fluchen belauscht: An einem einzigen Ort mögest du stecken bleiben, wie ein Christ, und dort deinen eigenen Gestank inhalieren! Sobald ihm der Geruch der Pferde an die Nase drang, gab er seinen Männern ein Zeichen; die ersten Pfeile zischten durch die Luft und hagelten in wildem Durcheinander auf die Feinde herab. Gleichzeitig warf er beide Speere los. Handeln und kämpfen, das war für ihn eines.

Er befand sich gerade über dem Fluss im Wald, im dichtesten Gewühl, als ihm berichtet wurde, dass Olha von einem Pfeil getroffen worden war.

Er hastete in ihre Richtung, aber der Feind ließ nicht locker. Als er bei Olha ankam, war sie tot. Der Hund hockte neben ihrem leblosen Körper. Das Gemüselamm lag auf dem Rücken, Füße nach oben, der Stängel stand aus seinem Bauch heraus, grüne Flüssigkeit sickerte heraus.

Er beugte sich zu Olha hinab, um ihre Lippen zu küssen. Dann richtete er sich wieder auf. Er stieß ein Geheul aus. Wie ein Wahnsinniger rannte er zurück zur Front.

Toor war der Wind, der im Feld explodierte. Er bewegte sich so schnell, dass ihn die Tataren kaum mehr sahen, und sie ergriffen die Flucht.

Toor kam zurück, er war gesprenkelt mit Pfeilen und er fand den Körper seiner Frau auf einer Steinplatte liegen.

Er nahm sie in den Arm und weinte. Er weinte drei Tage lang. Seine Tränen höhlten einen Fluss in die Erde. Den nannten die Leute Olha.

Die Nahtodgesellschaft

Draußen trommelte ein Novemberregen auf das Schieferdach, sprühte Kupfersprossen auf das Kopfsteinpflaster. Drinnen weinte Natalka beim Anblick des vaterlosen Babys in seiner Korbwiege.

Das Kind gurgelte und jaulte, drosch mit seinen Händchen wütend in die Luft und warf Motten, Müttern und Köchinnen ein süßes Lächeln zu. Der Kleinen waren die historischen Beschwerden der Riesen vollkommen gleichgültig.

Natalka spielte mit dem Gedanken, das Kind zu ihren Eltern nach Nizhne zu bringen, aber dann erinnerte sie sich an ein Bild: der Schuh ihres betrunkenen Vaters, der unter einem Tisch hervorstand. Sie unterdrückte den Wunsch.

»Wir sind die einsamsten Frauen in Rozdorizha«, beschloss sie.

In letzter Zeit sehnte sie sich nach den pantoffelförmigen holländischen Pralinen, die von der Köchin Jadviga in einem kleinen Laden neben der Kirche entdeckt worden waren. (Erste Tatsache: Sie lebten von Lebensmittelmarken. Zweite Tatsache: Jadviga kaufte regelmäßig kostspielige Schokolade. Wie brachte sie das zustande?) Eine Stimme in Natalka kreischte: *Mehr! Mehr!*

Wie sollte sie ihr Kind ernähren? Seit sie die Bäckerei verlassen hatte, hatte sie keinen Tag mehr gearbeitet. Die Stadt war von Fremden bevölkert. Zenons Freunde waren alle erschossen oder deportiert worden, einige wenige hatten in Verstecken überlebt.

Ihr Schwager Stefan fiel ihr ein, der ihnen bei seinem letztjährigen Besuch Glückskeks gekauft hatte. Was für ein kurioser Mann, mit seinem Monokel und diesem Spazierstock mit dem Delfingriff. Seine Manieren waren ebenso peinlich wie seine Kleidung. Seine Gesten wirkten blumig und gekünstelt und seine Sprache war mit ihr unverständlichen Wortgebilden durchsetzt (jedes Mal, wenn ihm eine Frau vorgestellt wurde, schlug er seine Absätze zusammen, verbeugte sich und murmelte etwas, was wie *Eggs today* klang!). Er schien es darauf abgesehen zu haben, dass alle Leute sich so benahmen wie er selbst. Die Gerüchte, die um ihn kreisten, waren grauenhaft: Man flüsterte, er sei ein Landesverräter, ein guter Freund von Levin oder Lenin oder wie auch immer dieser bärtige Kerl hieß. Nur ihr Gatte hatte das Gerede ignoriert und gemeint, dass die Leute nicht wüssten, wovon sie sprachen. Sein Bruder habe eigene Probleme, die nicht im Geringsten mit Politik in Zusammenhang stünden. Vielleicht konnte Stefan ihr helfen.
Seine Adresse fand sie in einem Briefpacken auf Zenons Schreibtisch. Sie bat ihren Nachbarn, den Brief für sie zu schreiben.
Dieser kam über Umwege Wochen später an die Botschaft und wurde zu Madame Poprovska weitergeleitet, wo Stefan ein fast ständiger Hausgast war.

Nach dem Tode seiner Frau berief Toor ein Dorftreffen ein.
Eine Schlacht im Himmel habe stattgefunden, erklärte er. Die alten Götter hatten ihre Macht verloren. Jemand hatte Peruns Donner gestohlen.
»Wer hat das getan?«, fragten die Leute.
»Der neue Gott.«

»Woher weißt du das, Toor?«
»Warum denkt ihr denn, dass wir so leiden mussten? Wir haben gebetet, geopfert, fette Schafe getötet. Und was hat uns das alles gebracht? Die Tataren suchen uns weiterhin heim. Und das tun sie nur aus einem Grund: Weil wir zu den Verlierern beten.«
Zum Beweis seiner Theorie bat er den Dorfschmied Stash, ihm die Lehmstatue von Perun, dem Vater aller Götter, zu geben.
»Das ist Perun, der Donnermacher«, schrie er und wirbelte die Figur über seinem Kopf hin und her.
Der Wind blies in seine Bartwolke. Ein Huhn gackerte. Mamaliga, die Wahrsagerin, ließ einen Furz fahren. Alle starrten auf die Figur über seinem Kopf.
Er schleuderte sie auf den Boden. Sie zerborst in Einzelteile wie eine Tasse.
Keiner wagte sich zu bewegen.
Während sein Hund aufstand und mit der Zunge über die heilende Wunde auf seinem Knie schleckte, starrte Toor grimmig vor sich hin. Einen Moment lang fürchtete er, zu weit gegangen zu sein. Doch in diesem Augenblick blitzte die Sonne durch die Wolken. Das war das Zeichen, auf das er gewartet hatte.
»Seht!«, rief er, »nichts geschieht! Gar nichts! Die Götter sind fort. Sie sind gestorben.«
Eine Stimme wagte ängstlich zu sagen: »Und wer ist dann da oben?«
»Jemand Neuer!«, erklärte Toor.
In Wirklichkeit wusste er keine Antwort. Aber er erinnerte sich an die heftige Abneigung der Tataren gegen die Christen. Alles, was diese Gorillas auf Windhunden hassten, musste großartig sein. Er hatte sich erkundigt. Sein jüngerer Bruder Markian war über hundert Flüsse nach Byzanz ge-

fahren, um dieses neue, christliche Zeug aus erster Hand zu beurteilen. Er hatte Toor von einem Menschengott erzählt (oder war es ein Gottmensch? Der Unterschied verwirrte ihn), der vom Himmel herabgestiegen war, mit dem Tod gerungen und den Sieg davongetragen hatte. »Und was tat er dann?«, fragte Toor.

»Er schnitt den Kopf des Todes ab und pflanzte ihn auf einem Speer auf«, hatte Markian hinzugefügt. »Aber später bestand der Gottmensch auf dem Ende des Tötens.« Das beruhigte den müden Kämpfer.

In seinen Träumen kehrte Toors Frau zurück. Sie sagte ihm, sie würde auf der anderen Seite auf ihn warten. Ihm schien, dass ihn nur der neue Gott dorthin bringen konnte. Aber wie würde er die Menschen überzeugen? Er war Kämpfer, kein Politiker.

»Ich werde nun ein Bad nehmen. Danach möchte ich einen wichtigen Schlaf abhalten, der nicht unterbrochen werden darf«, verlautbarte er und schob seinen Bruder nach vorne. »Markian erklärt euch den Rest.«

Diese Inspiration sollte ebenfalls die Macht des neuen Gottes beweisen.

Toor schlenderte zur Olha hinunter. Er legte seinen Überwurf ab und tauchte in die Fluten. Eine Wolke von Libellen stob bei seinem Anblick hastig zur Seite. Er trieb auf dem Rücken, ließ das Wasser emporschießen, ignorierte die giftigen Wasserschlangen an seinen Beinen und die Kraniche im Schilf, die ihn anstarrten.

Plötzlich erblickte ihn sein jüngerer Bruder Cyril und winkte.

Cyril hatte das Dorftreffen verpasst. In der Nacht davor hatte ihn eine Vision heimgesucht, die er mit seinen Nachbarn teilen wollte; außerdem hatte er auf dem Weg drei Krähen auf einem Baum erblickt. Dieses Zeichen konnte nur Mamaliga, die Wahrsagerin, deuten. Cyril wischte den Schweiß von seiner Stirn und humpelte den Hügel hinab, indem er seinen Klumpfuß hinter sich herzog.

Eines grauen Nachmittags kam Natalka mit dem Baby von einem Parkspaziergang nach Hause und fand Zenon ausgestreckt auf dem blauen Armsessel vor. Er lag da, rauchte seine Pfeife und blickte durch das Fenster.

Ihre Augen füllten sich mit Tränen. Endlich würde sie gutmachen können, dass sie ihrem Gatten eine so schlechte Schülerin gewesen war. Am liebsten hätte sie ihre Haare gekämmt und ihre Augen geschminkt. Am liebsten hätte sie gleich das alte Lied über die Kraniche gesungen. Sie rannte freudig auf ihn zu.

Ihr Kuss geriet viel zu kurz, denn das Baby begann zu schreien.

»Wie heißt sie?«, fragte Zenon sanft.

»Slava Lastivka.«

Von diesem Moment an nannten sie sie Lastivka, was *Spatz* bedeutet.

Er nahm das Kind in die Arme. Seine Frau drückte ihre Hände gegen seine Wangen und streichelte über seine Schultern.

»Hier hat mich eine Kugel erwischt«, sagte er erklärend. »Und hier auch.«

Er konnte den Blick nicht von diesem Kind wenden. Er war fassungslos über die Rücksichtslosigkeit, mit der das Leben die Früchte seines Begehrens auch ohne ihn ausgebrütet hatte. Ihm schien, dass Natalka in seiner Abwesenheit etwas gealtert war: Sie hatte ein paar graue Haare und die Lippen, die einst die Sonnenblumen geküsst hatten, waren deutlich blasser als früher.

In der Abenddämmerung war Zenon mit den anderen Gefangenen hinausgebracht worden. Er hatte sich überlegt, was seine Frau wohl gerade tat, ob das Baby ein Junge oder ein Mädchen war, was mit seiner wertvollen Bibliothek geschehen war (Natalkas Herz schlug bei diesem Wort noch immer höher). Sein Hemd rieb ihn und er wollte sich kratzen, aber seine Hände waren am Rücken gefesselt. Nachdem die Gewehre abgefeuert worden waren und alle zu Boden gefallen waren – er war mit ihnen mitgestürzt und hatte so getan, als sei er getroffen –, lag er da und dachte daran, wie teuflisch öde es war, nach Pisse und Scheiße zu riechen. Ein Stückchen weiter hörte er ein Geräusch. Einer der Körper setzte sich auf. Ihre Blicke trafen einander. »Polnische Scharfschützen«, kommentierte der andere.

Warum hatte er Natalka so lange nicht wissen lassen, dass er am Leben war?

»Das wäre gefährlich gewesen«, erklärte er. Er hatte warten müssen, bis die Deutschen verschwunden waren.

Natalka betrachtete versonnen die Silbermotte, die Kreise um die elektrische Lampe zog.

Zenons Stimme war unverändert, aber es war trotzdem nicht mehr der gleiche Mann, dem sie vor sechs Monaten vorgesungen hatte.

Ruhig, zurückgezogen verbrachte er seine Tage damit, aus dem Fenster zu starren. Zuerst unternahm er keine Anstalten, seine Bibliothek wieder aufzufüllen. Aber allmählich begriff er, dass ihm die Bücher ebenso abgingen wie Menschen, und über die Jahre hinweg füllten sich die Regale mit neuen Bänden. Sein Missionarseifer hatte allerdings abgenommen: Längst wirbelte er seine Bifokalbrillen nicht mehr durch die Luft, um Natalka zu erklären, was sie denken und wie sie fühlen sollte. Seine Bewegungen waren katzenähnlich geworden, aufmerksamer und weicher, so als wäre die

Welt zerbrechlich wie ein Nest aus dünnen Vogelknochen und aus Schnüren. Natalka klagte bei einem Nachbarn, sie würde ihren Mann kaum wiedererkennen. Hin und wieder überredete er sie, das Lied von den Kranichen zu singen, aber wenn er zu verstehen gab, sie solle doch ihren Kopf in seinen Schoß schmiegen, wich sie zurück. Er nahm es kommentarlos hin.

Einige Details seiner Exekution konnte er nicht mit Natalka besprechen.
Viele Geschichten von Nahtoderlebnissen handeln von der berühmten Reise durch einen Tunnel. Fahles Licht durchbricht an seinem Ende die Schwärze. Allmählich senkt sich ein Gefühl des Friedens herab: Gott ist Liebe.
Die Stunden der Selbstreflexion, die einem einst wichtig gewesen waren, scheinen nun völlig vermessen: Gott ist Liebe. Der Rest war dieses lächerliche Missverständnis, das man unter dem Namen *Geschichte* kannte.
Überlebende verändern sich nach einem solchen Erlebnis. Zurückgekommene sprechen von Wiedergeburt, sie vergleichen ihre Erfahrung mit dem buddhistischen Versprechen, nicht das Nirwana zu betreten, bevor die ganze Welt für die Reise bereit ist. Zudem fühlen sie einen unstillbaren Durst, ein körperliches Bedürfnis, sich mit anderen zu vereinigen, die den gleichen Weg beschritten haben.
In Rozdorizha herrschte zu dieser Zeit kein Mangel an solchen Reisegefährten. Irgendwie fanden sie sich, erkannten einander hier an einem Blick, dort an einer Geste. Schließlich schlossen sie sich in einer informellen Bruderschaft zusammen, die sie *Nahtodgesellschaft* nannten. Die Gruppe traf sich monatlich an wechselnden Orten, etwa in einem unauffälligen Kaffeehaus, das von Deutschen oder Ungarn geleitet wurde, wo also niemand Ukrainisch verstand. Ein

Fremder hätte beim Anblick ihres Tischs vielleicht gedacht, dass es sich um ein Treffen von Schulfreunden handelte oder um eine Zusammenkunft von Gewerkschaftern.
Zenon frequentierte diese Abende regelmäßig. Vor diesem Forum konnte er den wichtigsten Moment seines Lebens besprechen, der nahe von Chlib stattgefunden hatte. Er beschrieb *den Morgen* in allen Details: Ein frischer, trockener, klarer Tag kündigte sich an, fünf Grad Celsius. Der Geruch nach geschnittenem Heu und Dünger lag in der Luft. Er hatte keinen Bissen gegessen. Eine Melodie ging ihm durch den Sinn, ein Lied über Kraniche. Zuvorderst in seinen Gedanken waren Natalka, seine Mutter und Mrs. Glick – von der jeder wusste, dass sie die Geliebte seines Vaters gewesen war, obwohl die Syphilis nicht von ihr stammte.
In diesem Moment hatte ihn ein Gefühl der absoluten Klarheit überkommen. Sein Lebensweg war nur einer von vielen möglichen gewesen. Er hatte mit seinen Meinungen ebenso Recht wie die Männer, die ihn erschießen würden. In ihm war ein fast unbezwingbarer Wunsch nach einer einzigen zusätzlichen Stunde körperlicher Erfahrung, einer letzten Lebensstunde.
Andere sprachen von einem Aufbäumen des erotischen Verlangens in solchen Momenten. Oka Pavlichko berichtete der Gruppe kichernd, das Erste, was sie nach ihrer Rückkehr in die »Zivilisation« getan hatte, sei gewesen, sich einen Liebhaber zu nehmen. Zur Hölle mit Mutters Ratschlägen! Die Treffen der *Nahtodgesellschaft* halfen Zenon, seinen Kurs zu steuern. Und das Erlebnis erneuerte seinen Glauben an den Wert der alten Legenden, die ihm wahrhaftiger schienen als die Berichte in den Zeitungen.

Die Leute bauten einen Lastkahn, der stabil genug war, um Markian und Cyril nach Byzanz zu bringen. Am Tag vor ihrer Abreise kochten die Frauen gerösteten Schwan und gewürzten Kranich und servierten das Festmahl mit endlosen Fässern Wein und Bier. Die Dorfbewohner tranken, tanzten, sangen.

Die Wahrsagerin Mamaliga weigerte sich, mitzufeiern. Sie schlich um die Leute herum und rief: »Idioten! Ihr werdet noch sehen! Perun lebt und gedeiht! Ihr habt eure wahren Götter vergessen! Eure Kinder werden mit Hundeköpfen geboren werden!«

Ein Fußtritt beförderte sie zu Boden. »Verschwind, solange du Beine hast. Du alte Hexe!«

»Das werde ich nicht tun! Das ist mein Zuhause.«

»Das wirst du nicht tun?«

Jemand schlitzte ihr Sackgewand auf, aus dem wurzelähnliche Brustwarzen hervorquollen, während ein Hund vor dem Tor der leeren Hütte heulte.

Stunden später schleppte Mamaliga sich in die Wälder. Am Fuß einer Eiche rollte sie sich zusammen. Sie küsste die Wurzeln und flehte die Götter an, die Rozdorizhaner zu bestrafen.

Als das Dorf aus seinem Kater erwachte, waren Markian und Cyril schon an Bord ihres Kahns, bereit zur Abfahrt.

Bevor er aufstieg, besuchte Cyril den Knotenleger, der mit seinem Bündel Seilen das Wetter kontrollierte.

»Zeig mir deine Hände«, sagte Cyril.

Der fette Mann gehorchte.

Cyril nahm sein Schwert und trennte die Hände des Knotenlegers mit einem Schlag von den Handgelenken.

»Nun versuch, die Stürme zu befreien«, bellte er.

Mit rot geränderten Augen und mit enormem Sodbrennen winkten die Rozdorizhaner zum Abschied, und dann versanken sie wieder in Schlaf.

Jeden Sonntag nach der Messe nahm Zenon seine Tochter auf den Friedhof mit, wo er eine weiße Lilie auf das Grab seiner Mutter legte. Diese Geste hatte seltsame Auswirkungen: Lastivka entwickelte eine Vorliebe für die Szenerie. Als sie alt genug war, um alleine wegzugehen, lenkte sie ihre Schritte immer auf Wege, die zum Grab ihrer Großmutter führten. Es wurde ihr liebster Spielplatz. Sie kletterte auf die Weide neben dem Teich, rüttelte an den Klinken des Blud Mausoleums, fütterte die Gänse und schloss Freundschaften mit den Eichhörnchen. Im Sommer lag sie zwischen den Steinen, las Kindergeschichten, später Gedichte, und in den Zeitungen bevorzugte sie Todesanzeigen. Das Mädchen legte eine Sammlung gepresster Blumen an, die sie auf verschiedensten Friedhöfen gefunden hatte – auf ukrainischen, polnischen, jüdischen. Über die Jahre hinweg vervollständigte sie die Sammlung mit Schmetterlingen, Motten und Steinen, die alle von Friedhöfen stammten.
Die Mutter versuchte, das Kind für Klavier zu interessieren. »Weil dein Vater das so möchte«, sagte Natalka.
Lastivkas Lehrer konnte, obwohl er blind war, *Für Elise* mit seiner Nase spielen. »Um Klavier zu spielen, meine arme, talentlose Freundin«, erklärte er seiner unglücklichen Schülerin, »musst du mit deinem ganzen Körper spielen und nicht, wie du es tust, mit deiner Nase.«
Er beugte sich nieder und naste einige Takte Beethoven. Als Natalka kam, um Lastivka abzuholen, griff er dem älteren Mädchen an die Hinterbacken, doch sie stieß ihn weg.
Natalka schüttelte ihren Kopf. Klavierstunden! Das Mädchen hatte keine Ahnung von ihrem Glück. Sie betete darum, dass die Stunden weitergeführt würden.

Jahre später erwachten Toor und seine Leute zur richtigen Zeit, um Cyril beim Bau der Kirche zu helfen. Bäume wurden gefällt, den Hügel hinaufgeschleppt, klein geschnitten und geschlichtet. Sogar der Knotenleger, dessen Hände längst nachgewachsen waren, stemmte seine fleischige Schulter ins Rad. Semen, der Schneider, führte sein Pferd, Old Stribunetz, zur Tränke an den Fluss und hörte nicht, wie Stash schrie: »Ho! Der Baum.« Man benötigte drei Männer, um die Eiche wegzurollen. Die Lippen des Pferdes zitterten noch immer, ein braunes Aug drehte sich verzweifelt durch seine Augenhöhle, als Stash die Axt herabsausen ließ.
Alle interessierten sich für die Reise der Stammesgenossen, für das Ergebnis ihrer Suche nach einem neuen Gott.
»Es gibt einen wunderbaren und schrecklichen Ort jenseits der Wälder«, erklärte Markian. »Wir töteten einige Drachen und am Ende trafen wir die Obs, die nicht weit von hier im Süden wohnen. Sie sterben jedes Jahr im Herbst und kehren erst wieder im Frühjahr zurück.«
Er fabulierte, er stahl Geschichten, die er zusammengetragen hatte. Die Leute hörten gierig zu, denn die Nachrichten aus dem Leben der Außenwelt rissen sie mit. Es machte sie stolz, zu erfahren, dass sie selbst in einer Oase der Kultur und des Lichts lebten und dass es eine weise Entscheidung war, daheim zu bleiben, im Schoß der Zivilisation.
In einer Morgendämmerung schlüpfte Cyril in seine weiße Robe mit den aufgestickten Kreuzen und den goldenen griechischen Buchstaben (Alpha, Omega) und zog mehrmals an der Glockenschnur der Kirche.
Das ganze Dorf lief zusammen und drängte sich in den Raum.
Cyril schmetterte einen Befehl nach dem anderen: »Männer auf diese Seite, Frauen auf die andere. Und du, kleiner Junge, du kommst hierher. Und jetzt bitte *Silentium!*«

Nach einer ziemlich wirren Messe, die vier Stunden dauerte, befahl er den Leuten, von nun an vier Mal pro Woche zu kommen.
»Warum so oft?«, fragte Stash.
»Um deinem Gedächtnis zu helfen«, erklärte Cyril, dem seine Robe Mut verlieh.
»Woran soll ich mich denn erinnern?«
»An das, was du gestern mit mir getan hast!«, kreischte eine Frau von der anderen Seite des Raums.
»Und sie ist nicht einmal seine Frau«, kommentierte ein Unbeteiligter.
»Wer wird dann die Pferde füttern?«, beharrte Stash auf seiner Frage.
So ging der Dialog weiter.
Manche lehnten den neuen Gott sofort ab. Denn die Babys starben noch immer; die Zähne verfaulten; die Ehefrauen nahmen sich weiterhin Liebhaber. Viele weigerten sich, Cyril ihre Geheimnisse anzuvertrauen. Trotzdem waren die meisten tief vom neuen Glauben ergriffen, zumindest von jenen Teilen der neuen Lehre, die sie sich aus Cyrils Predigten zusammenreimen konnten. Denn die wurden von Woche zu Woche verwickelter und unverständlicher.

Der allmächtige Rubel

Obwohl er in der Familie kein Wort mehr über Politik verlor, war Zenon weiterhin vom Schicksal seiner Heimat besessen. Am 22. Januar 1919 wurde der östliche und westliche Teil des Landes vom Rebellen Petliura zusammengeführt. Am 4. Februar erreichten die Bolschewisten Kiew. Zuerst war Rozdorizha unabhängig und ukrainisch. Dann wurde es unterworfen und polnisch. Und anschließend sowjetisch. Als einer von Zenons Kollegen vom Gymnasium, ein Geografie unterrichtender Pole, fragte, wieso ihm denn die nationalistische Sache so viel bedeutete – ein kurzer Blick auf die Landkarten der Region in den letzten tausend Jahren würde doch beweisen, wie absurd die Forderungen nach Vorherrschaft waren, egal, von welcher Seite –, nahm Zenon seine Bifokalbrillen ab und hob zu einer Predigt an. Doch dann riss er sich zusammen. Er setzte seine Brillen wieder auf die Nase, lächelte und antwortete höflich, dass er bei umgekehrten Vorzeichen, befände er sich als Pole in einer überwiegend ukrainischen Welt, vielleicht anders fühlen würde. Außerdem wies Zenon seinen Gesprächspartner darauf hin, dass das Land Polen nun wieder existierte, allein aus diesem Grunde könnte es sich ein Pole auch leisten, sich nicht mit dem nationalen Thema zu befassen.

Jahre vergingen im Stumpfsinn der Geschützfeuer und Revolutionen.

Zenon schrieb Briefe im Auftrag von politischen Gefangenen, schmuggelte Botschaften zwischen ihnen und ihren Familien hin und her, Briefe und Tagebücher, die teilweise auf Zigarettenpapier notiert waren. Man übergab sie beim Austausch von Rauchwaren oder ließ sich von einem bestechlichen Wachebeamten helfen, der Wodka und Blutwürste erhielt.

»Es ist nicht unsere Schuld, dass es mit dem Land so übel steht«, meinte sein Bruder Stefan bei einem seiner kurzen Heimatbesuche. Wie gewöhnlich war sein Auftauchen von Skandalen und Gerüchten begleitet: Diesmal war er der Kurier des ukrainischen Zentralgouvernements in Kiew oder der Informant der dezimierten Menschewiki oder gar Trotzkis geheimer Berater. »Schuld ist dieses idiotische Land«, erklärte er. »Es ist wie eine Hydra: ein Körper mit hundert Köpfen, die ihm sagen, was er tun soll.«

Der Punkt ist, vertraute Stefan seinem Tagebuch an, *dass wir alle Nebenfiguren sind, die von der Geschichte an die Peripherie der Ereignisse geschoben wurden. Unsere Sache ist doch lächerlich: Wer immer eines Tages unsere Geschichte erzählt, der muss die Jagd aus der Perspektive des Feldhasen beschreiben.*

Es gab auch Sommer, trotz der Kanonen. Vielleicht gerade, um ihnen zu trotzen. Einige Mittelklassefamilien schafften es, die Stadt zu verlassen und sich in die Seebäder zu begeben, wo sie im Wasser schwammen, Heilbäder nahmen und Mineralwasser tranken.

Wie schlimm es wirklich stand, begriff Natalka erst, als ihr der Albtraum ins Baderessort folgte. Sie litt unter einem wiederkehrenden Traum, in dem sie und Lastivka mit einem Luftballon nach oben stiegen, der von einem Mann mit Koteletten und Kneifer gesteuert wurde. Als die Welt murmelklein unter ihnen lag, fragte er sie, ob sie denn fliegen gelernt hätten, denn eines stünde fest, der Ballonkorb würde sich in allernächster Zeit umdrehen. Lastivka begann zu heulen. Natalka ging mit einer Schere auf den Mann los. Bevor sie an ihn herankam, verschwand er, und die Klinge schnitt in die Haut des Ballons, der sogleich wild hin und her schaukelte. Der Himmel über ihnen verdüsterte sich mit singenden Wolken. Natalka hörte ihren Gesang, verstand aber kein Wort vom Text. Da wurde der Ballon von einer Böe erfasst und schüttelte sie und ihre Tochter wie Salz ins Meer hinunter. Knapp bevor sie in die Wellen tauchten, schlüpften einige der Wolken, die weiterhin sangen, geschickt unter sie, und so landeten sie auf den Federn von einer Million singender Kraniche, die sie wiederum in die Luft hoben. Der Himmel war nun voll mit einer enormen Menge lenkbarer Luftschiffe. Natalka, die sich beruhigt hatte, erkannte einen Berg am Horizont, auf dessen Spitze ein Mann stand. Er war von Kopf bis Fuß behaart, er glich einem Baum und er winkte mit einem Arm. In diesem Moment machten die Kraniche einen Sturzflug und ließen die Frauen ins Leere stürzen.

Sie erzählte den Traum ihrer Tochter. Das Mädchen lachte und antwortete: »Mutter, hast du schon einmal einen derartig lustigen Namen gehört: Johann Gals-Worty?«

»Ich lese keine Bücher.«

»Ich weiß. Aber dieses würde dir gefallen. Es handelt von der Liebe in einem weit entfernten Land – England.«

»Ich habe mehrmals von England gehört. Aber ich war nie dort. Shakes-Peere. Es ist das Land, das ihn hervorgebracht hat.«

»Und Oskar Weeld-e.«

»Es ist ein barbarischer Ort, Liebling. Die Angelsachsen sind grausam. Ich bin vor vielen Jahren beinahe auf ihre Insel gegangen, um Klavier zu studieren.« Sie seufzte, überwältigt von ihren Fantasien. Natalka war kein Schriftmensch, ihre Vorstellungskraft spielte oftmals verrückt. Selten war ihr bewusst, welche der Begriffe, die ihr in den Sinn kamen, Hand und Fuß hatten und welche absurd waren. Für sie schien alles möglich: Nur weil sie gerade keine Ungeheuer um sich herum wahrnahm, bedeutete das nicht, dass solche nirgends existierten – in einem unbekannten Teil der Welt vielleicht, in Frankreich oder Amerika. Könnten wir uns Emma Bovarys Innenleben vorstellen, wenn sie nie ein Buch in die Hand gekriegt hätte?

Markian wurde zum Buchführer ernannt, ein neuer Posten, der den Leuten ebenso rätselhaft und undurchsichtig blieb wie Cyrils Priesterhandwerk.
»Was schreibst du in dieses Buch?«, fragte Stash.
»Alles«, sagte Markian.
Er meinte es so und nicht anders. Wollte man wissen, wie viele Grashalme auf dem Friedhof hinter der neuen Kirche sprossen, musste man nur Markian fragen.
Diese Schreibtätigkeiten erschütterten die Rozdorizhaner. Wie konnte es möglich sein, dass jemand sie selbst, ihr innerstes Wesen, den Atem, der aus ihren Bäuchen aufstieg, in Kleckse auf Pergament übersetzte? Es grenzte an Magie. Eine Schriftrolle konnte einen Mann in Trance versetzen, seinen Körper zu einem Gefäß machen für die Träume eines anderen. Markian behauptete, dass der Mensch mit Hilfe dieser Zauberei ewig leben könnte – was Cyril heftig bestritt.
Diese Aussagen peinigten Stash. Er sehnte sich danach, die mystischen Symbole zu sehen, sie zu liebkosen.
Eines Nachts, während der Schreiber den Nachbarn bei der Arbeit an einem Mühlteich half, verschaffte sich Stash, der immer weniger Zeit in seiner Schmiede verbrachte, Zutritt zu Markians Haus.

Er beugte sich gerade über den Tisch, wo die feinen Pergament-Urkunden mit Lederbändern verschnürt lagen, als eine Frauenstimme hinter ihm Worte in einer Sprache flüsterte, die er noch nie gehört hatte. Es war Olha, Toors Frau! Ein Schauer durchlief ihn. Eine Ratte irrte zwischen seinen Füßen umher. Zwei Windstöße pfiffen durch das Strohdach.

Keines der Gebete, die Cyril ihm beigebracht hatte, kam ihm in den Sinn, also bat er mit flehender Stimme Perun um Hilfe, den Herrn des Donners. Bodenbretter knarrten, Tücher raschelten. Der Geist schob sich näher heran. Am ganzen Körper bebend erreichte er die Tür und rannte aus dem Haus. Kaum war er in Sicherheit, opferte er ein Kalb zu Ehren Peruns und verfluchte sich dafür, die alten Götter zurückgewiesen zu haben. Die Schriftrollen, deren Anzahl sich täglich vervielfachte, würde er niemals wieder berühren.

In ihnen konnte man lesen, wie Tara seine Schwester verführte und wie die Nachkommen des Familienzweigs zu Huren und Trunkenbolden herabkamen; man las, wie die vierzehnjährige Darka, die von Tataren gefangen wurde, ihre Entführer in die Wälder führte und sie anstachelte, den Chorne Ozero zu überqueren. Der Fluss führte Treibsand und viele von ihnen ertranken.

Markians Schriftrollen (die Leute bezeichneten sie als *das* Buch) halfen auch, Streitigkeiten zwischen Nachbarn zu schlichten. Generationen später konnte man noch nachlesen, dass Cyril – als Heiliger bezeichnet – einst über das Wasser der Peklo geschritten war und dass er die Messe eine Woche lang mit einem Tatarenspeer im Herzen gelesen hatte, bevor er von einem Paar blonder Engel in den Himmel geschleppt wurde. Auch wenn niemand diese Erzählungen ganz wörtlich nahm, stimmten die Leute doch überein, dass sie grundlegende Wahrheiten enthielten.

Die Rolle des Buchführers wurde über Generationen von Zabobons weitergegeben. Nach Markian kam Andrew und nach Andrew kam Askold und nach Askold kam Darko und so weiter *in saeculae saeculorum ...*
Einige Schriftrollen widmeten sich den Spekulationen über Toors Verschwinden. Keiner wusste, was damals wirklich geschehen war. Eines Nachmittags war er nicht mehr vom Schwimmen zurückgekehrt. Am gleichen Abend stocherten Taucher mit langen Stangen das Flussbett ab und Fischer zogen ihre Netze durch jeden zugänglichen Zentimeter der Nebo und der Peklo. Aber es schien, als wäre Toor von Libellen in die Luft gezogen worden oder hätte sich aufgelöst in den Wirbeln der Olha. Gerüchte gingen, er habe sich auf eine Pilgerreise ins heilige Land begeben. Oder Perun, der verlorene Gott des Donners, habe ihn in eine Schlange verwandelt.

Seine Lehrpflichten ergänzte Zenon durch die Mitarbeit in diversen Hilfskomitees, die Lebensmittelpakete in den Osten des Landes schickten.
In der Krankenstation des St. Cyril's Hospital, wo er ebenfalls freiwillige Dienste versah, kamen ihm mehrere Fälle von Unterernährung zu Gesicht.
»Was passiert dort im Osten, Bruder?«, fragte er einen der Patienten.
»Es gibt kein Essen. Absolut kein Essen. Ist alles in die Städte geschafft worden.«
Aber die Gebiete, in denen Knappheit herrschte, standen unter Quarantäne und die Nachrichten erreichten die Stadt nur langsam. Ein Patient erzählte ihm von einem Schwarzmarkt menschlichen Fleischs. Er behauptete, einen Laden gesehen zu haben, wo menschliche Gliedmaßen, Organe,

Finger, Wangen, Nasen, Zehen und so weiter auf Tabletts hinter der Kassa gestapelt waren.
Unmöglich, dachte Zenon und rieb an seinen Geheimratsecken. Das Fleisch aus einer menschlichen Wange zu schaben? Was konnte man nur dagegen unternehmen? In den nächsten Monaten hörte man diese Schreckensmeldungen immer öfter: Ganze Dörfer seien unter die Kannibalen gegangen; Züge mit Touristen überfallen worden, Kinder bei lebendigem Leib verbrannt.
Die Nachrichten aus Amerika waren ebenfalls Furcht einflößend. Das Finanzsystem war zusammengebrochen. Gangster regierten das Land. Die neue Hauptstadt der USA hieß Chicago; der neue Präsident Signore Capone. Einzig Hollywood sandte noch immer Filme in die Welt: Er und Natalka lachten über die Abenteuer von Laurel und Hardy und Charlie Chaplin, während Natalka sich ein bisschen in Robert Donat verliebt hatte und Lastivka aufschrie, wenn King Kong gegen die Tore der Stadt hämmerte.
Nicht einmal Deutschland war gegen den Wahnsinn immun. Die Leute fuhren Schubkarren durch die Straßen, bis zum Rand gefüllt mit Deutschmark, um Brotlaibe zu kaufen. Irgendetwas schien grundsätzlich falsch zu laufen. Natürlich gab es auch Menschen, die ausreichend zu essen hatten. Die Erde hatte sich ja nicht mit einem Schlag in Ödnis verwandelt …

L'Homme Moyen Sensuel

Stefan und Lida unterhielten sich mit der Köchin, während sie Sauerampfer und Zwiebeln schnitt, Hühnerbrüste spaltete und Butter heiß werden ließ, die sie mit Paniermehl in Kochtöpfen in der Größe von Badewannen anröstete. Lida fragte die Köchin ganz nebenbei, ob sie für eine *folie à trois* im Obergeschoss zu haben war, aber die Frau, eine Brünette aus der Normandie, starrte nur eisig zurück, wonach Lida das Angebot nicht mehr wiederholte.
Während Zenon damit beschäftigt war, alles in die Wege zu leiten, um erschossen zu werden, versuchte Stefan sich Wunden ganz anderer Sorte zuzufügen. Er war Madame Mathilda Poprovska und ihrer Tochter Lida verfallen. Diese lebten keineswegs in bescheidenen Verhältnissen und Stefan bot ihnen genau jene Kurzweil, die sie benötigten.

Madame Poprovska und er spielten ein Spiel namens Katharina die Große, in dem folgende Materialien verwendet wurden: Seile, Keilriemenscheiben, ein Flaschenzug, eine Zwölf-Inch-Kerze, Reithosen, ein umsichtig in Stellung gebrachter Spiegel, eine Reitgerte und Schlagsahne.

Er war als Schlammgestalt nach Paris gekommen. Formlos und eifrig, hoffte er, Baudelaire, Delacroix und die »Stadt des Lichts« würden ihm helfen, sich selbst zu finden. Lida, Madame Poprovskas Tochter, hatte er in seinem Zugabteil aufgegabelt. Beim Überqueren der Alpen, hieß es, hatte der heilige Bernhard (der Mann, nicht der Hund) keinen Blick auf die Landschaft verschwendet. Er hatte sich nicht von seiner Meditation ablenken lassen wollen. Stefan verpasste die Berglandschaften völlig, aber aus einem anderen Grund: Seine Augen fixierten unablässig die sanften Abhänge und die schattierten Wangen von Lidas Gesicht.

Später war sie mit seinem Schirm davongegangen. Er jagte ihr nach, sie gab ihm den Schirm zurück und bei der Übergabe verbrühte ihr behandschuhter Finger sein Handgelenk.

Am Gare de l'Est starrte er auf die Rauchtrichter, die sich ihren Weg in den offenen Himmel bahnten, die sich krümmenden Schals, die Gehstöcke, Muffs, Zylinder und vor allem die hübschen, blütenreinen Frauen.

Er hatte Österreich ohne Universitätsabschluss verlassen. Seine Dissertation über die Diätgewohnheiten der Wüstenväter hatte er verbrannt, bevor er den Zug bestiegen hatte. Sein Interesse an den Leidenswegen von Heiligen stammte von seinem Wien-Aufenthalt, einer unglaublichen Stadt, in der alle sexbesessen waren. Hier konnte man den Eindruck bekommen, die wahren Auseinandersetzungen der Welt drehten sich um Sinfonien oder Ölgemälde. In Wirklichkeit stritten die Menschen jedoch über Sex. Die Innenstadt quoll über von brillanten Wahnsinnigen: Schiele, Kokoschka, Mahler, Kraus, Berg, Strauß, Gerstl, Schönberg. Die beiden zuletzt Genannten gehörten zusammen. Zuerst spannte Gerstl Schönberg die Frau aus, dann machte er es wieder gut, indem er sich erhängte. Den gehörnten Schönberg suchten Halluzinationen von dämonischem Gelächter heim. Später nannte man es atonale Musik. Stefan hatte Kokoschkas Stück *Mörder, Hoffnung der Frauen* gesehen und es erschütterte seine simple Seele. Nicht, dass er auch nur das geringste von Musik, Malerei oder Theater verstand. Er hing größtenteils in Cafés herum, er rauchte, brütete und theoretisierte. Und regelmäßig verliebte er sich.

Wonach du dich im Inneren sehnst, das wird außen an dir sichtbar.

Er war der Zuchthengst, der durchgehen musste.

Das mit der Kerze war ihre Idee gewesen.

Im Jahr 1933 verschlang eine Hungersnot das alte Land.

Dann war da noch das Ritual mit der Salbung. Er lag nackt am Rücken. Sie schäumte ihn mit dieser Creme ein.

Das gesamte Getreide, das die Dorfbewohner erzeugten, wurde direkt in die Stadt transportiert. Den Bauern selbst blieb nichts davon.

Er ließ sich Handschellen anlegen; ließ sich von ihr nach oben ziehen. Dabei merkte er, wie ihr Blick an ihm vorbeizielte. Sie betrachtete im Spiegel ihr eigenes Bild.

Das NKVD sammelte Kinder zusammen, die sich auf Bahnhöfen herumtrieben und dort versuchten, Essbares aufzuheben, das beim Ein- und Ausladen auf den Boden fiel. Man brachte sie in leeren Wagen unter, wo sie wie Hühner gehalten wurden. Mit einzelnen Kaffeebohnen und Brotkrümeln wurden diese Kinder gefüttert und am Schluss verhungerten sie.

Am Höhepunkt schrie sie, kratzte, riss Kissen auf, heulte. Woher kamen nur diese opernhaften Orgasmen?

In Kirovohrad brachten die Bauern ihre unerwünschten Kinder auf den Dorfplatz. Daheim hatten sie kein Essen für sie. Die Behörden sammelten sie zusammen und führten sie in die Kinderstadt, einige Meilen entfernt vom Dorf. Das einzige Essen der Kinder war jenes, das sie mit ihren eigenen Händen fangen und töten konnten. Ihre verhungerten Körper wurden oft von Hunden aus den Löchern gezerrt.

Mathilda weigerte sich, ihn zu befreien. Das überließ sie ihrer Tochter. Manchmal musste er mehrere Stunden im Riemen warten, bis Lida, seine blasse Polin aus dem Zug über die Alpen, auf der Schwelle erschien. Gelegentlich kam sie als Eva verkleidet. Er pflegte im Sessel hinter dem Spiegel zu sitzen und auf zwei Paar graue Augen über seinem Kopf zu starren, die ihn wie Eulen anblinzelten. Zwei Lächeln, vier Finger manipulierten die Schnüre in seinem Nacken, ein lang gezogenes Gesicht lehnte sich nach vorne, mürrische Brüste pressten gegen sein struppiges Haar. Sie nahm eine Tube, quetschte Creme auf ihre sandfarbenen Finger, massierte sie in sein Gesicht, rieb sie in seine Schläfen ein. Dann bemalte sie mit Mascara seine Lider, verpasste ihm Rouge und Lippenstift. »Wir sind Zwillinge«, erklärte Lida. Sie lagen eine Stunde lang im Bett, ohne sich zu berühren, bis Hände nach Schenkeln griffen, die wie tropische Pflanzen erblühten. Die Körperstelle fühlte sich entweder glatt und klebrig an oder hart und warm. So ging es die ganze Nacht. Das war seine Geschichte, die Art, wie Lippen in einen Baumwoll-BH drückten, sich über die Brustwarze stülpten, wie die beige Haut schimmerte im durchscheinenden Stoff. Seine Zähne hoben den BH hoch, legten eine Brust frei, die Zunge schmeckte nackte Haut, den harten Polypen und seine zwei Heiligenscheine, sein Daumen suchte den Weg zu ihrer Klitoris durch den dünneren Stoff des Unterhöschens.

Seine Hand nistete sich in der Feuchtigkeit ein, in den lebendigen Venushügel, und er schob den Stoff sanft beiseite. Seine Finger hielten sich noch fern vom feuchten, offenen Fleisch, vor dem Gipfel dieser Invasionen, die letzte Enthüllung vor dem Eintauchen. Er stützte sich auf seine Ellbogen, um zuerst mit den Augen, dann mit der Zunge zu ficken, seine Hände molken die Brüste und sein Schwanz bohrte ins Volle. Ihre Füße standen nach außen, nach oben, in die Luft, ihr Körper formte ein Y, die schwarzen Haare im Spalt zwischen Möse und Arschloch, die weichen, glatten Hinterbacken auf beiden Seiten, in die er gleichsam hineinstolperte, stoßend und schleckend, bis sie mit ihren Handrücken gegen das Kissen schlug, bis ihr Kopf von einer Seite zur anderen peitschte, Haarsträhnen über ihre Augen und ihren Mund fielen, ihre Hände sich öffneten und schlossen …

Stefan würde sich immer an den Raum erinnern: Stühle mit blau gemusterter Seide, violette Vorhänge, eine rosafarbene orientalische Wolldecke. Ein paar ausgebleichte Chinoiserien. Ein Wandschirm mit einem aufgemalten Pfau über weißem, halb durchsichtigem Papier. Eine Andeutung von Mathildas Räucherstäbchenduft. Und die seltsamste Tapete. Drei Motive, hunderte Male wiederholt, erzählten die Geschichte von Adam und Eva. Auf dem ersten hockt das Pärchen unter dem berüchtigten Baum, gelangweilt und Händchen haltend. Evas olivgrüner Bauch schmollt über ihrer unbehaarten Gabelung und Adams Leiste glitzert wie eine halb geschälte Avocado. Falls zwischen ihnen je ein erotischer Funke gesprungen ist, diese Zeit ist vorbei. Sie sehen verbittert aus, ungefähr wie zwei Badmintonspieler in einer Nudistenkolonie. Der Baum beherrscht das Bild. Seine Äste spitzen sich zu Handgelenken mit finster dreinblickenden menschlichen Gesichtern zu. Der Hintergrund ist von einer nebelartigen Schamröte eingehüllt. Die anderen Motive sind noch düsterer: Das Pärchen spielt das Biest mit zwei Rücken; Eva gebiert einen Phönix. Diese Bilder waren von Matildas mystischen Lieblingstexten abgemalt.

Zwei Jahrzehnte lang oder sogar länger lebte Stefan in einem Nebel der Trunkenheit. Er bewegte sich zwischen der Villa der Poprovskas und den Wohnungen diverser anderer Mätressen, bevor er schließlich in das Hurenhaus von Marseille hinabsank. Doch auch in der Sicherheit des Poprovskahauses konnte er nicht immer sicher sein, wer mit ihm im Bett lag. Fest steht in einem solchen Moment nur, dass es seine Zunge ist an der Klitoris, an dieser gespaltenen Weintraube, die er mit seinen Zähnen erforscht, sie beinahe ausspuckt, dass er seine Handfläche an den offenen feuchten Mund drückt, dass er sich selbst übermäßig erregt und dabei mit aller Kraft versucht, an den einäugigen Nachtportier im Hotel zu denken; und sie schreit *oh, oh,* er bemüht sich, ihren Mund zu verschließen, damit die Dienerschaft nichts hört, er steckt seinen Schwanz wieder dort unten hinein, er stößt zu, bis sie stöhnt, lauter und lauter; bis sie unwillkürliche Zuckungen mit den Beinen macht, mit denen sie ihn fest und fester umklammert, als wollte sie eine Tür niederreißen, um zu ihm zu gelangen. Er hingegen ist bereits bei sich selbst und ist gleichzeitig bei ihr. Danach, ganz so wie alle anderen, verfällt er in tiefen Schlaf. So ging die wirkliche Geschichte.
Und während dieser Zeit wurden in der Alten Welt sieben Millionen Menschen ermordet.

In seiner unvollendeten Weltgeschichte schrieb Stefan, die Sexualität sei der wahre Grund für alle bewaffneten Konflikte seit der Schlacht von Troja gewesen. Nicht Geld, nicht

Territorium, nicht Waffen, Rassenvorherrschaft oder Nationalismus. All das waren sekundäre Gründe. Er dachte an den Stamm der Chaggas, die am Fuß des Kilimandscharo lebten und hartnäckig behaupteten, der Erste Weltkrieg sei das Resultat einer ihrer Familienfehden gewesen. In ihren heiligen Büchern gab es eine Prophezeiung, laut der ein Bruder einen anderen töten würde, worauf die ganze Welt in die Auseinandersetzung hineingezogen werde. Alle Versuche, so schien ihm, den Krieg auf ökonomische oder politische Ursachen zurückzuführen, verfehlten ihr Ziel und waren keinen Deut besser als die Spekulationen der Chaggas vom Kilimandscharo. Nein, ihm war klar, dass die Entdeckung der Grenzen der sexuellen Vereinigung die Menschen zur Überzeugung führen musste, dass sie in der Liebe versagt hatten. Was konnte man danach noch verlieren? Früher waren die Dinge vielleicht anders gewesen. Vielleicht waren menschliche Verbindungen in vergangenen Zeiten dauerhafter und befriedigender gewesen. Jedenfalls hatte die Liebe in seiner Generation einfach nicht funktioniert.
Im Krieg waren es die Generäle, an die man sich hielt; in Friedenszeiten regierten die Genitalien.

Wie reich Rozdorizha seinen Bewohnern auch vorkam, diese Rasse von Calibans war so mundfaul, dass sie nie sagen konnten, was sie schmerzte und warum. Sie verloren keine großen Worte. Sie fackelten lieber ein Haus ab, um einem Argument Nachdruck zu verleihen, oder sie ritten ein Pferd zuschanden, um ihre Wut zu löschen. Was brachte denn das pausenlose Gequatsche? In Wirklichkeit waren sie eine kranke Brut mit kranker Kleidung und kranken Reisegewohnheiten – aber außergewöhnlich gut genährt, denn der Boden liebte sie – und hielten sich zu allem Überfluss für weltgewandt. Sie hatten täglich Kontakt mit magischen und merkwürdigen Orten. Ihre Stadt war eine Wegkreuzung. Die Welt strömte zusammen auf ihren paar fruchtbaren Quadratkilometern. Wenn Ausländer dieses freche Nichts überhaupt wahrnahmen, dann ausschließlich wegen des Weizens oder der Kohle, später auch wegen des Erdöls. Die Bewohner bewachten das Land wie Bienen ihre schläfrige Königin. Allerdings gelang es ihnen nicht in jedem Fall, die Unternehmer zu verscheuchen, und so schlossen sie Kompromisse und ließen sich Vergünstigungen teuer abgelten. Rozdorizha veränderte sich von Ost nach West, von Nord nach Süd, es wuchs und zog sich zusammen, es brannte, wurde wieder aufgebaut, nochmals niedergebrannt und von neuem erstand es wie Phönix aus der Asche. So wie die Stadt gepflegt, beschnitten und zivilisiert wurde, so lernten ihre Bewohner, die einst ungehobelt gewesen waren wie die Bäume, sich zu kleiden, zu rasieren, zu baden, zu lesen, zu kaufen, zu betrügen und zu lügen. Die Bäume ihrerseits mussten feststellen, dass die Menschen an Körpergröße eingebüßt hatten. Die moosbewachsenen Apfelbäume im Obstgarten der Zabobons wunderten sich, wieso die junge Generation nicht mehr bis zu ihren Früchten hinaufreichte, wieso sie Leitern benötigten, wo Toor sie doch in den alten Tagen als Schemel verwendet hatte, damals, als er gierig aus seiner Totenschädeltasse gesoffen hatte.

Tödliche Einsätze

Im Jahr 1942 hatte Zenon Zabobon – sechzig Jahre alt, ein Mann mit schütterem, aber dennoch kräftigem Haar – viele Freunde unter den Nazis.

Unermüdlich arbeitete er im St. Cyril's Krankenhaus, nicht weit vom Bahnhof, in dem deutsche Offiziere verkehrten, um Karten zu spielen und mit dem weiblichen Personal zu flirten.

Er saß mit Hauptmännern und Obersten zusammen, spielte Schach oder Tarock und legte das eine oder andere gute Wort für den einen oder anderen Landsmann ein, der in Konflikt mit der Besatzungsmacht geraten war. Die Deutschen, denen seine Verbindung zu den Partisanen nicht verborgen blieb, hörten ihm aufmerksam zu. Sie hatten kein Interesse daran, ihr Versprechen zu halten und eine freie, unabhängige Ukraine zu schaffen, sie benötigten den Landstrich einfach als Pufferzone zu Russland. Zenon wirkte Vertrauen erweckend.

Er gab offen zu, dass er wünschte, die Deutschen hätten die Stadt niemals erobert. Doch seine Geringschätzung gegenüber den Eroberern wurde von seinem ungewöhnlichen Realitätssinn gemäßigt.

Sie verwendeten ihn, um die Spuren seiner Leute zu verfolgen. »Wer schneidet uns nur immer die Telefonleitungen ab?«, fragte Hauptmann Walser. Oder: »Wer stellt nur diese Fässer mit totem Fisch vor die Polizeistation?«

Zenon verriet niemanden. Aber die Deutschen konnten

sicher sein, dass von da an die Telefonleitungen in Ruhe gelassen wurden und die Fischlieferungen ausblieben.
Er betrat das Krankenhaus jeden Nachmittag gegen halb vier Uhr. Die Männer ließen sich vor dem Schachbrett nieder, Zenon rauchte seine Pfeife oder kaute an der Fassung seiner Bifokalbrillen, Walser nahm tiefe Züge von seiner Lucky Strike und untermalte seine Sätze mit Raucherhusten.
»Sie sollten sich untersuchen lassen«, schlug Zenon vor.
»Es ist nur mein Asthma. Am schlimmsten war es als Kind. Und in dieser Stadtluft ...«
»Ich weiß.«
»Du willst den Läufer nicht ernsthaft auf diesem Feld stehen lassen?«
Wieder Husten.
Wenn Zenon ein heikles Thema aufbringen wollte, dann konzentrierte er sich zuerst auf sein Spiel. Die Angst vor einer Niederlage im Schach brachte seinen Gegner aus dem Gleichgewicht.
»Mir scheint, ihr habt Rudenko verhaftet.«
»Den Aufwiegler?«
»Diese Geschichte wurde von den Russen in die Welt gesetzt.«
»Bist du nicht dieser Meinung?«
»Ach ...«
»Ich werde mir die Geschichte ansehen. Du weißt ja, wie kontraproduktiv falsche Informationen sind.«
Zenon antwortete auf Englisch: »Quite.«
Er hielt sich die Deutschen auch aus einem zweiten Grund warm: In seiner Wohnung hatte er Juden versteckt. Und zwar gleich fünf Menschen: seinen ehemaligen Kollegen Eddie Glick und dessen Familie.
Eines Abends, einige Monate nachdem die Deutschen einmarschiert waren, hatte es an Zenons Tür geklopft. Als er

öffnete, blickte er in Eddie Glicks dunkle Augen. Das Gesicht seines Bekannten schien mit Kohle verschmiert zu sein. »Die Deutschen kommen jede Nacht ins Ghetto. Und immer verhaften sie Leute, manche erschießen sie auf der Stelle«, sagte Eddie.

»Ich weiß«, sagte Zenon. »Wo ist deine Familie?«

Eddies Frau und seine Kinder warteten unter dem Treppenauge auf das Resultat der Unterredung.

Nachdem sie in der Wohnung Schutz gesucht hatten, erzählte Eddie, wie sie auf einen Waggon mit Leichen aufgesprungen waren, der das Ghetto verließ, und im richtigen Moment wieder abspringen hatten können.

Diese Nacht blieben die fünf Glicks wach und errichteten eine falsche Wand neben der Speisekammer, hinter der sie Unterschlupf fanden und, wie hätte man anders sagen sollen, von nun an lebten. Ihr winziger Unterschlupf erinnerte Lastivka an ein Mausoleum.

Lastivka war nun die meiste Zeit daheim. Die Deutschen hatten die Universität geschlossen, an der sie Schauspielunterricht genommen hatte. Sie war nur wenige Monate vor ihrem Abschluss gestanden. Aus Langeweile gab sie ihrer Familie Darbietungen: Sie praktizierte Stepptanz, imitierte Edith Piaf und Marlene Dietrich. Sie bot eine Vorschau auf ihre bevorstehende Rolle als Ophelia in einer Underground-Theatergruppe dar. Die fünf Glicks applaudierten begeistert.

»Tut mir Leid, dass ich keine Rosen auf die Bühne werfen werde«, sagte Eddie.

Tatsache war: Die Deutschen hatten beobachtet, wie die Glicks das Gebäude betreten hatten.

»Lass ihnen ihre Juden«, sagte Walser und hustete. »Was bedeuten fünf Juden schon für uns? Zenon ist viel wichtiger.«

Ein weiterer Grund für Zenons Bündnis mit den Besatzungstruppen war seine Affäre mit Hauptmann Walsers Frau. Elisabeth war eine Schneekönigin aus dem Rheinland, mit hohen Backenknochen, flachen blauen Augen und schwerem blonden Haar, das zu einem buschigen Drehzopf aufgesteckt war. Ihre direkte Art verschüchterte die meisten Männer und deshalb war sie so einsam, wie es nur die allerschönsten Frauen sind. In ihrer Gegenwart wurden Männer entweder zu Idioten (deine ... Augen ... Lippen ... diese Knöpfe ...) oder sie gingen davon aus, dass ein derart perfekter Mensch mit Iwan dem Schrecklichen im Bunde sein musste.

Zenon hatte sie bei einer Sitzung der *Nahtodgesellschaft* kennen gelernt.

Nach dem Treffen brachte er sie nach Hause und wurde zu einem Schnaps eingeladen. Die Wohnung hatte einst dem Verleger gehört, für den er den Artikel über skythische Töpferei geschrieben hatte, der ihn dreißig Jahre zuvor ins Gefängnis gebracht hatte. Es erregte ihn, mit seinem Feind an diesem Ort zu sitzen. Elisabeth, die Ukrainisch perfekt beherrschte, spielte Liszt auf dem Victrola. Auf dem Kaffeetisch stand eine Kristallkugel. Über ihr steckte das Paar die Köpfe zusammen.

»Ich sehe Tauben«, flüsterte sie.

Bei den Treffen der *Nahtodgesellschaft* diskutierten sie oft das Ende des Kriegs, den Anbruch einer langen Friedensperiode.

Sie machten folgenden Ablauf zur Routine: Nachdem er sein Schachspiel mit ihrem Gatten beendet hatte, wartete Zenon so lange, bis sich der Offizier zu seiner Polizeiwache begab. Dann eilte er zu Elisabeth.

Das Risiko verlieh ihrer Tätigkeit eine gewisse Spannung. Und er brauchte einen Ort, an dem er seine Hoffnungen und

seine Träume deponieren konnte, ohne Angst zu haben, das Kapital einzubüßen.
Eines Schachnachmittags sagte Hauptmann Walser: »Der Befehl ist gekommen. Wenn du die Juden heute Abend nicht wegschickst, wirst du selbst verhaftet.«
Zenon, der besser eine Rochade gemacht hätte, zog stattdessen mit dem Läufer. Er war sprachlos. Er hatte eine Gabel von Walsers Springer übersehen. »Warum gerade jetzt?«
»Viel mehr kann ich dir nicht sagen. Sprechen wir nach dem Krieg darüber.«

Wasser erinnert sich oder: Die Toten kommen als Schmetterlinge zurück

Am Abend, nachdem sie die Flucht der Glicks organisiert hatten, gab Zenon Natalka drei Tickets nach Klagenfurt in die Hand.
»Der Zug geht um elf Uhr. Beeil dich!«
Er überzeugte Stefan, der sich seit einigen Monaten in der Stadt herumtrieb, in Cafés rauchte, vereinzelte Sätze in sein Tagebuch schrieb, sich Natalka und Lastivka anzuschließen.
Bevor Zenon die Glicks zu dem Auto brachte, das sie in die Schweiz bringen sollte, ging Eddie auf Stefan zu, der eine Zigarette rauchte und finster in seinen leeren schwarzen Tabakbeutel starrte. Eddie lächelte. »Wer weiß?«, sagte er. »Wer weiß? Das kann dir noch einmal behilflich sein.« Er überreichte Stefan einen Umschlag.
»Auf dass wir uns wieder treffen. An einem besseren Ort.«
»Eddie, wir werden alle wieder zu Hause sein, bevor du das Wort *kreplach* über die Lippen bringst.«
»Das ist nicht mehr unser Zuhause, Stefan.«
Stefan steckte den Umschlag in seine Tasche, ohne eine weitere Sekunde an ihn zu denken.

Vom Krieg nahm Stefan kaum Notiz. Er war eines Tages, nach Mitternacht, in der Wohnung seines Bruders angelangt und hatte gebeten, ein paar Tage im Wohnzimmer schlafen zu dürfen.
»Gehst du nicht in die falsche Richtung?«, fragte Zenon mit

einiger Überraschung. Er hatte seinen Bruder jahrelang nicht gesehen.
Stefan zuckte mit den Achseln. »Das hier ist mein Zuhause.« Er erzählte kein Wort davon, wo er in den letzten Monaten gewesen war. Manche behaupteten, er sei im Kampf auf der Seite des französischen Widerstands verletzt worden. Andere meinten, er habe sich eine Syphilis zugezogen. Nur mehr sein Spitzbart erinnerte an seine einstige Schalkhaftigkeit. Er war dünn geworden, seine Arme und Beine wirkten wie Requisiten für den grauen Baumwollanzug, der sich über seinen Knochen bauschte. Er hinkte von einem Café zum nächsten – man bekam den Eindruck, er habe einen Klumpfuß entwickelt –, krakelte Aufzeichnungen in sein Notizbuch und rauchte eine Zigarette nach der anderen.
Nur widerstrebend willigte er ein, seine Schwägerin und seine Nichte nach Österreich zu begleiten. Sein Plan war, anschließend sofort nach Rozdorizha zurückzukehren. Seine Familie hatte tausend Jahre dort gelebt und Attacken von Türken, Tataren, Polen und Russen durchgestanden. Diese Stadt würde auch die Deutschen überstehen.
Der Zug setzte sich langsam in Bewegung.
»Wasser erinnert sich«, sagte er zu seiner Nichte.
»Wie bitte, Onkel?« Lastivka betrachtete den Fremden mit seinem Monokel und dem Spazierstock mit dem Delfingriff.
Berge und Felder rollten am Fenster vorbei. Grübelnd zog er an seiner Zigarette. »So drücken es zumindest die Wissenschaftler aus. Du füllst ein Glas mit kochendem Wasser, ein anderes mit Leitungswasser, und dann wartest du, bis das heiße kühl geworden ist, bis es exakt die Temperatur des Leitungswassers angenommen hat. Wenn du nun beide ins Eisfach stellst, wird das Leitungswasser früher frieren, weil sich die Moleküle im anderen Glas daran erinnern, dass sie

jüngst erhitzt worden waren. Sie ändern ihren Zustand nicht mehr so gerne. Nimm das als Denkanstoß.«

Lastivka betrachtete die Bäume. Das ist ja nett, dachte sie, wir sind einem Wahnsinnigen anvertraut worden.

Lastivka war keineswegs schwermütig, im Gegenteil. Sie spürte, wie sich eine große Welt vor ihr auftat. Auf diese Reise hatte sie ihr ganzes Leben lang gewartet. So lange hatten sie in Gefahr gelebt und trotzdem war bisher alles glatt gegangen. Lastivka machte sich keine Sorgen um ihren Vater. Gott würde auf ihn achten. In ein bis zwei Tagen würde er ihnen nachfolgen. Die Zuversicht der Jugend, die unter der Wahnvorstellung leidet, sie werde niemals untergehen, erhob sie in eine leuchtende Welt. Überall war Hoffnung.

Zärtlich blickte sie zu ihrer Mutter, deren Kopf am Sitz lehnte. Natalka schlief mit offenem Mund. Ihre Wangen waren dünn – die Lebensmittelrationen des letzten Monats waren mager gewesen. Nicht einmal Jadviga, die zurückgeblieben war, hatte es geschafft, am Schwarzmarkt Fleisch aufzutreiben. Die Köchin würde ihr fehlen. Aber in Gegenwart ihrer Mutter fühlte sie sich geborgen. Zu zweit hatten sie schon so viel überstanden und ihre Freundschaft war das größte Vergnügen ihres Lebens.

Stefan mit seinen sechzig Jahren sah die Welt anders.

Im sechzehnten Jahrhundert war einer seiner Vorfahren von Polens Großherzog zum Ritter geschlagen worden – bevor er gehängt wurde, weil er mit den Kosaken verhandelt hatte. Sein Ur-Ur-Großvater hatte in Napoleons Gesicht gespuckt, als dieser von ihm die Herausgabe der Schlüssel für die Schatzkammer von Rozdorizha gefordert hatte. Dafür hatten sie ihn erschossen. In der gleichen Stadt schlüpfte Jadvigas Nichte, Halka, eines Nachts in Stefans Bett – er war damals dreizehn Jahre alt – und überzeugte ihn davon, dass seine Pläne, Priester zu werden, nichts als pervers waren.

Und in eben dieses Rozdorizha war er später geflüchtet, nach Marseille und nach der Affäre mit den Poprovskas. Hier fand er die nötige Ruhe. Rozdorizha war sein Zuhause: Jeder Granitsplitter war von den Händen und Blicken eines Zabobons gestreift worden. Er fühlte sich so verwurzelt mit dem Ort wie die Flüsse, die ein trauriges Murmeln anzustimmen schienen, als er jetzt an ihnen vorbeifuhr. Er beruhigte sie: Sobald er die Mädchen abgeliefert hatte, würde er zu seiner wunderbaren ziellosen Spaziergängerexistenz zurückkehren, in Cafés faulenzen und seine Notizen für die *Theorie der Ehe* und die *Geschichte von Rozdorizha und der Welt* kritzeln.
Das Gras beugte sich vor Kummer. *Geh nicht fort,* weinten die Blätter. *Verlass uns nicht,* stöhnten die Steine.
Geh nur, dröhnte die Stimme von Toor, *geh, so schnell du kannst*.
Später, nachdem Lastivka eingeschlafen war, kramte Stefan in seinen Taschen nach einem Streichholz und stieß dort auf den Umschlag, den Eddie ihm überreicht hatte. Er öffnete ihn. Ein Taschentuch war drin. Er schüttelte es aus. Ein Gegenstand fiel auf den Boden. Stefan bückte sich und hob ihn auf. Es war ein Diamant. Es war die Brotkrume, die sie heimführen würde.

Verschwendeter Geist

Zenon blieb zurück. Er behauptete, finanzielle Dinge regeln zu müssen. In Wirklichkeit wollte er einen letzten Abend mit Elisabeth verbringen.

Es war seine einzige Unbesonnenheit. Er redete sich ein, Elisabeth könne der ukrainischen Sache nützen. Natalka habe sich das selbst zuzuschreiben, da sie ihn ja weggestoßen hatte. Außerdem liebte er die Frau des Hauptmanns. Doch die Stimme, die zu ihm gesprochen hatte, als er sich aus dem Berg der Leichen in Chlib erhoben hatte, bestand darauf, dass er sich schlichtweg nur nach Elisabeths Brüsten sehnte.

Unglücklicherweise kehrte Hauptmann Walser diesmal früher als geplant zurück und sah, wie Zenon die Wohnung verließ.

Am nächsten Tag wurde er verhaftet.

Bei einer informellen Anhörung sagte der Vorgesetzte von Hauptmann Walser, Oberst Stiller, ein grobschlächtiger Mann mit dicken rosafarbenen Lippen, den Zenon regelmäßig beim Tarock geschlagen hatte und der ihn deshalb für einen Mann mit intellektuellen Fähigkeiten hielt: »Ich könnte dich erschießen lassen. Nicht für die Sache, die du Walser angetan hast. Der wird das überleben. Eine kleine Demütigung ist gar nicht so abträglich für einen ehrgeizigen jungen Mann. Macht ihn zum Realisten. Natürlich verständlich, dass er dich verhaften ließ. Außerdem kenne ich Frau Walser. Wenn hier irgendjemand schuldig zu sprechen ist,

dann ist es die Natur. Es sind viel eher die Juden in der Speisekammer, die mir Probleme bereiten.«
Er sprach es also direkt an. Eine Überraschung. Zenon tastete in seiner Tasche nach der Pfeife. Nicht da. Unmöglich. Er hatte die Pfeife noch nie vergessen. Ein schlechtes Zeichen. »Sie haben die ganze Zeit davon gewusst.«
»Wir hofften, ihr Aufenthalt sei nur vorübergehend. Und wir hofften auf Diskretion. Stattdessen sangen sie in die Nacht hinaus. Sie sangen jiddische Lieder! Totaler Wahnsinn.«
Zenon starrte auf das gekochte Ei auf dem Tisch des Obersts. Ein spätes Frühstück? Ein frühes Mittagessen? Sie wollten etwas von ihm; sie hätten ihn längst verhaften können. Das Ei lag geschält und ungarniert in einem hölzernen Becher. Seine linke Hand zupfte am Ohrläppchen. Diese Stimme – wie ein halb vergessener väterlicher Ratschlag – erinnerte ihn daran, dass er den Regeln der *Nahtodgesellschaft* verpflichtet war, sich gegenüber der Welt mit grenzenloser Liebenswürdigkeit zu benehmen hatte und: *Keine Ausnahmen!* Er fühlte sich schuldig. Er verdiente eine Strafe.
»Nun, Herr Professor«, sagte Stiller, »wie immer im Leben gibt es zwei Wahlmöglichkeiten.« Weil er sich für einen denkenden Menschen hielt, fügte er hinzu: »Ein paar X auf oder ab machen den Unterschied. Einerseits das Erschießungskommando. Andererseits mein Gegenvorschlag. Du könntest einer von uns werden. Ich meine nicht, dass du als Spion arbeiten sollst. Ich biete dir die deutsche Staatsbürgerschaft an. Oder besser, ich dränge dich dazu, sie anzunehmen. Wir stellen keine besonderen Ansprüche. Es wäre eine rein symbolische Geste. Vertrauen auf beiden Seiten, in Ordnung?«
Zenon kamen die sogenannten Wachsmenschen in den Sinn, die Kollaborateure, bittere Gestalten, die mit den Nazis zusammenarbeiteten, um sich an jenen Leuten zu rächen,

von denen sie glaubten, sie hätten ihnen Unrecht getan. In den letzten Jahren hatte er schreckliche Dinge gesehen. Jungen, denen Nägel durch die Augen getrieben worden waren. Granaten in die Vaginas der Frauen, bevor man die Abrissschnur zog. Und so weiter.
Er dachte an Elisabeth. Und an Natalka. An die natürliche Freizügigkeit und den Großmut der Frauen.
»Es tut mir Leid, Oberst. Wenn man es genau bedenkt, sind Sie nichts als ein lausiger Kartenspieler. Und ich selbst fühle mich dem Grab näher als Deutschland.«
Wie theatralisch seine Worte klangen! Er errötete. Was für eine Angeberei, dachte er. Nie hörte man mit dem Angeben auf.
Der Oberst nahm den alten Mann beim Wort und am nächsten Morgen wurde Zenon Zabobon Staatsbürger dieser unexklusivsten und dennoch unendlich majestätischen und ältesten aller Republiken.
Knapp einen Monat später waren die Deutschen weg, aus dem Land geworfen von der russischen Armee.

Die armenische Kirche in Klagenfurt war nach dem heiligen Gregor, dem Erleuchter, benannt. Die Geschichte dieses Mannes wurde auf lebendigen Ikonen an den Wänden nacherzählt.
Bevor er König Tiridates zum einzig wahren Glauben bekehren konnte, musste Gregor zwölf Peinigungen durchmachen. Sie hängten ihn mit den Zehen an einen Baum. Jedes Haar seines Kopfs wurde weggebrannt. Sie schoben ein heißes Eisen in sein Ohr und so weiter. Bei diesen Ikonen suchte Natalka Trost. Sie verstand den Schmerz nur zu gut, der hier abgebildet war. Sie war längst nicht mehr das eifrige Dorfmädchen, das in den Konzerthallen Europas Klavier

spielen wollte, sie starrte auf graustichige Gemälde an den Wänden. Was bedeuteten Pfeile im Fleisch gegen ein gebrochenes Herz? Was bedeutete eine Dornenkrone im Licht ihres Verlusts? Sie hätte dankbar eine solche getragen, wenn ihr jemand ihren Ehemann zurückgegeben hätte. Sie und Zenon waren ein Körper gewesen. Er war ihr Leben, ihre Gesundheit, ihre Heimat.

Sie verfluchte jeden einzelnen Heiligen in der Kirche. Dann verfluchte sie die Deutschen und die Juden. Mehr nicht, dachte sie, mehr konnte sie nicht ertragen. Von nun an würde sie nur mehr im Rückblick leben. In einer Welt, in der Zenon noch atmete. Wo er im Raum hin und her spazierte, ihr Unterricht in Nationalismus und Heimatkunde gab, ihr die Frauenbewegung darlegte, die Weisheit von Marx, die Rolle des Kleinbauern. Eine Welt, in der sie beide jung und voller Zukunft waren. Nichts von der äußeren Welt könnte sich je dazwischendrängen. Endlich würde sie vollständig sein.

Das verstehe ich, seufzte Toor, der selbst nie die Frau vergessen konnte, die er an den Krieg verloren hatte.

Wien, Hauptstadt der Welt

Für einen Menschen, der am liebsten in einem ruhigen, liliengeschmückten Teich schwimmt, ist Wien kein Paradies. Schon während der Friedenszeiten war es das nicht, und noch weniger im Jahr 1945. Stefan gab sich mit einer öffentlichen Badewanne unter dem Treppenaufgang zum zweiten Stock des Wohnheims zufrieden. Er betrachtete die morschen Knöchel von Mrs. Stern, die primitiven Stiefel von Ivan Starosolsky, die Pantoffeln von Eva Lozynsky, die durch das Stiegenhaus jagten in der Hoffnung, ihr Leder an Vladimir Kozaks verwitterten Arbeitsstiefeln zu reiben.

Das war nicht mehr das Wien, in dem er seine Jugend verschwendet hatte. Der Ort hatte seine Seele verloren. Freud, Musil, Roth: Lange waren sie verschwunden. Max Reinhardt saß in Hollywood. Die Staatsoper und der Stephansdom erinnerten an Stonehenge. Die Russen näherten sich der Stadt, in der die Rothschilds und ihr Gefolge einst Marie Antoinette gespielt hatten. Nicht, dass Stefan großes Mitgefühl für die Habsburger gehabt hatte. Es gefiel ihm, sich Napoleon in Schönbrunn vorzustellen. 1916 hatte Wien Ruhe ausgestrahlt. Wie jedes Zentrum eines riesigen Reichs bemühte es sich, eine Fassade der Normalität aufrechtzuerhalten, obwohl es in Wahrheit bis zu den Hüften im Irrsinn steckte. Es benahm sich, als hätte es rein gar nichts mit dem Krieg zu tun, den es selbst begonnen hatte. Mord, Senfgas, Schützengräben – was war das alles im Vergleich mit der *Stadt der Freude?* 1916 war das Jahr der Walzer gewesen. In diesem Herbst gab es Premieren von Operetten von Benatzky, Eysler, Fall, Jarno, Stolz.

Das alles war jetzt Geschichte. Keine Menuette, keine herzzerreißenden *Lieder* klangen aus den Konzertsälen. Niemals wieder. Es waren Wucherungen des Moments gewesen, kurzlebige Blüten der Macht. Fortan würde einem diese Kunst wie vertrocknete Blumen erscheinen.

Er blätterte in seinem Heftchen, dessen Seiten von der Feuchtigkeit gewellt waren: *Wachsende Zivilisationen krepieren nicht an den Schmerzen eines Herbstes; sie werfen lediglich ihre Blätter ab. Trägheit ist die einzige tödliche Gefahr. Der Poet, das ist jener, der für uns die Fesseln der Gewohnheit zerreißt.*

Es war weise, die Straßen zu meiden, weil allerorts die Geisteskranken die Psychosen ihrer Niederlage austanzten. In der Berggasse schälte sich ein alter Mann aus seiner Kleidung und schrie den Passanten Verse von Jeremias zu. Nein, niemand war fassungslos über eine solche Szene. In den letzten sechs Jahren hatten die Menschen alles erlebt. Der Mensch ist des Menschen Wolf. So etwas wie *Menschlichkeit* existiert nicht. Nur Einzelne können das erreichen.

Und wieso waren die Nationen in derartig zornige Rage geraten? Er dachte an den gescheiterten Dreikaiserbund, die Probleme mit den Russen am Balkan, diese serbischen Obrenović-Könige, den unbesiegbaren türkischen Sultan. Professor Heinrich Friedjung, der radikale Brandstifter, der die Belgrader Revolutionäre verdammte. Oder der Habsburger Außenminister, der Aehrental im Jahr 1912 ersetzt hatte und der glaubte, die ukrainische Problematik sei eine Schlüsselfrage für Russen und Österreicher. Die Österreicher wollten sichergehen, dass die Ukrainer ihre eigene Identität entwickelten, nicht russifiziert wurden und dadurch loyal zum Kaiser standen und nicht zum Zaren. Der Minister schrieb dem österreichischen Kanzler: »Unsere Beziehungen mit Russland, die von großer Bedeutung sind, werden nicht zuletzt von unserem Erfolg darin abhängen, die Russifizierung der Ukrainer zu verhindern, welche auf unserem Staatsgebiet rigoros betrieben wird, sondern auch von den Bestrebungen, die nationalen Unterschiede hervorzuheben und den Zivilisationsgrad zu steigern.« Das war im Juni 1914 gewesen, als Stefan in Paris bei den Poprovskas war, bei Mutter *und* Tochter, und als sein Bruder sich in Natalka verliebte.

So viel zur Geschichte. Und wie war es möglich, dass die wirklich wichtigen Dinge immer nur den anderen passierten?

Wenn jemand in den Straßen heulte, das Königreich Gottes sei nahe, war Stefan bewusst, dass das Königreich Amerika sich viel näher befand. Das Königreich von Washington, New York, Detroit.

Vielleicht verloren auch Orte – so wie Gefühle – an Intensität und Farbe. Vielleicht blühten Städte nur einmal und dann kam ein langer Welkungsprozess. In der Vergangenheit lag keine Pracht. *Pracht* war eine Zeitform der Gegenwart. Die Arbeit eines Mannes war, seine eigene einsiedlerische Flamme in die Feuersbrunst einzuordnen.

Als Wien die Russen willkommen hieß, las Stefan: *Und vielleicht geht der Tag nicht vorüber, aber ein Mann mag brennen vor Verlangen zu einer Frau und ihrer Tochter.*

Das Gebäude zitterte. Wasser spritzte über den Rand seiner Badewanne. Die Bomben näherten sich.

Was für eine unglaubliche Wegstrecke, von Paris in dieses lauwarme Badewasser. Die Menschen verstanden nie, dass die Worte, die sie heute sagten, den Ort festlegten, an dem sie sich morgen befinden würden. Wir sind so grauenhaft frei.

Danach die Stille. Wie angenehm. Nach einer Dekade prasselnden Kanonenfeuers würden ihn weite Ebenen von Stille unter Umständen heilen.
Er spürte die Seelen im Schutzraum sechzig Fuß unter ihm atmen. Und er bemerkte eine Maus, die jeden Zentimeter der Wand vermaß. Wie gingen die Mäuse mit dem Krieg um? Ein Blättchen vom Wandverputz löste sich und dann noch eines. Ein Schneesturm. Das Haus seiner Mutter zu Weihnachten. Sein toten Brüder. Hatte er wirklich daran geglaubt, nach Rozdorizha zurückzukehren? Er hatte versprochen, auf Natalka und Lastivka aufzupassen.
Schnee, Schnee.
... ein Gesetz der Harmonie regiert die gesamte Welt der Dinge ...
Er hatte den Autor dieser Zeilen bei einem Abendessen bei Mathilda getroffen, gemeinsam mit Rouault, Apollinaire und einigen anderen, die sich seitdem einen Namen gemacht hatten.
Irgendwie war es doch keine Maus, sondern eine Bombe. Der Raum explodierte.

Natalka setzte den Öffner an. Die Konserve ächzte. Stefan öffnete seine Augen und erblickte die Krankenschwester Schmidt, die mit zärtlichem Blick ein Thermometer betrachtete. Sie schien es wie einen Liebesbrief zu lesen. Er lauschte. Keine Explosionen. Kein Knirschen von Panzern. Natalka streckte ihm eine Spalte vom Dosenpfirsich hin. Er versuchte seinen Blick auf die glitzernde Mondsichel zu lenken, aber seine Augen irrten zu Schmidt ab.
»Du siehst zufrieden aus«, bemerkte Stefan.
»Die Deutschen sind fort.«
»Endlich. Jetzt lass uns in den amerikanischen Sektor gehen.«

Natalka schluckte. Der Mann im Nebenbett rief laut: »Pass auf Kaganovich auf!«
Die Straßen waren gefährlich. Die Russen agierten wahllos, sie bevorzugten weder Blonde noch Rothaarige noch Braunhaarige.
Nachdem er das Krankenhaus verlassen hatte, nahm Stefan seine früheren Angewohnheiten wieder auf, schloss strategische Bekanntschaften, erweckte Eigenschaften in sich, die lange geschlummert hatten. Zuerst nahm er den Diamanten von Eddie und verkaufte ihn an einen einarmigen Mann, den er aus einem Café kannte. Mit dem Geld erwarb er einen Koffer Zigaretten und mehrere Flaschen Whiskey. Das waren die Drogen, mit deren Hilfe man Tore öffnete.
Der Befehlshaber des russischen Regiments in der Nähe ihres Bezirks war ein Ukrainer, der sich für seine Landsleute einsetzte, ihnen Essensmarken zukommen ließ und das hübsche Fräulein Lastivka in den Park begleitete, wo die Eichen den Lilien Schatten spendeten, als wäre da nie ein Krieg gewesen. Beim Spaziergang über die gebieterische Ringstraße plauderten die beiden miteinander. Aber obwohl die Forsythien und der Flieder das Blut in Wallung brachten und der Befehlshaber unverhohlenes Interesse zeigte, blieb Lastivka in ihrem Kokon, den sie gesponnen hatte, um sich vor dem Gefechtslärm zu schützen. Sie fühlte, dass sie, wenn alles gut ging, bald wieder zu fühlen beginnen würde. Aber jetzt war es zu früh. Alles war noch immer zu ungewiss. Sie erfuhren, dass sie in der nächsten Woche in ein amerikanisches Flüchtlingslager in Berchtesgaden überstellt werden sollten.

Die Internationale Flüchtlingsorganisation

Der Krieg war vorüber. Millionen von Leuten mit zerstörten Häusern, aus vergessenen Ländern, mit Verschwundenen und Toten, fanden einander freier, als sie je gehofft hatten zu sein. Die Alliierten mussten zur Kenntnis nehmen, dass der Sieg nur die Hälfte des Kampfs bedeutete. Nun waren sie mit den Konsequenzen ihrer Handlungen konfrontiert. Jede abgeworfene Bombe – beider Seiten – warf neue Probleme auf. Die Opfer verschwanden nicht einfach. Wenn die Alliierten den Besiegten ihren Rücken zugedreht hätten, wären ganze Völker in den Zustand dauerhafter Rebellion gewechselt. Stattdessen beschlossen die Sieger, human und weise, für die Schäden aufzukommen.
In Deutschland und Österreich wurden Vertriebenenlager eingerichtet. Millionen von Flüchtlingen sammelten sich dort. Diese von den Alliierten betriebenen Lager ähnelten rasch Kleinausgaben von Nationalstaaten. Das weise Rom wusste, wann es sich zurücklehnen und die Leute sich um sich selbst kümmern lassen konnte.

Das Lager Orlik, errichtet für Ukrainer, lag am Fuß des Berges Watzmann, in Berchtesgaden, nicht weit von dem Hügel, auf dem Hitler sein Adlerhorst-Versteck eingerichtet hatte.
Das Lager war munter und lebhaft. Zweitausend Menschen wohnten in Ziegel- und Betonbauten, ehemalige Militärbaracken. Familien von mehr als vier Personen hatten ihren eige-

nen Raum, jeder ausgestattet mit einem Primus Propangas-Ofen und elektrischem Licht. Nach sechs Jahren Krieg beschwerte sich niemand über diese Zimmer. Keine Granaten, kaum Spione. Was für ein Luxus!
Die Leute organisierten rasch ein Gymnasium, eine Kunstschule, eine Berufsschule. Das beliebteste Fach war natürlich Englisch. Wissen war Macht. Die lokale Verwaltung war auf gute Beziehungen zu den Lagerautoritäten, alles Amerikaner, angewiesen.
Die Ukrainer errichteten auch ihr eigenes Krankenhaus und stellten eine Polizeitruppe auf. Es gab eine Cafeteria und ein Lichtspiel-Theater, das Humphrey Bogart und Ingrid Bergman in *Casablanca* zeigte.
Das also sind die Amerikaner, dachte Lastivka mit feuchten Augen. So sind unsere neuen Herren.
Im Lager sah sie ihren ersten schwarzen Mann, einen Soldaten, der es schaffte, für sie einen der begehrten zerrissenen Fallschirme zu organisieren, aus dem die Frauen Kleider herstellten. Sie färbten den Stoff, schnürten ihn mit Moskitonetzen zusammen, und fertig. Die Party konnte beginnen.

In Berchtesgaden nahm Lastivka ihre Klavierstunden wieder auf. »Na also«, brummte Natalka. »Ich habe dir ja prophezeit, eines Tages wirst du auf den Geschmack kommen.« Der Lehrer, der sich *Meister Rakovsky* nannte, war ein kleiner, schriller Mann mit einer roten Krawatte um den Hals. Er strich sein gewelltes weißes Haar mit drahtigen Fingern zurück, während er seine ungeschickte Schülerin schalt. Der Unterricht fand in einer Lagerhalle statt. Die nervösen Studenten stolperten über Milch-, Thunfisch- und Tomatenkonserven, die ausnahmslos mit dem Stempel der effizienten Problemlösungsmaschinerie Amerika versehen waren.

Der Professor erwartete, dass man seine eigene Glühbirne mitbrachte. Man betrat den kleinen Raum, kletterte auf einen Lattenverschlag, schraubte die Glühbirne ein, unterzog sich einer halben Stunde musikalischen Leidens – denn niemand hatte auch nur den Anflug von Talent –, schraubte die Birne wieder aus der Fassung und machte Platz für Rakovskys nächstes Opfer. Die Augenblicke der Finsternis nützte Meister Rakovsky, um in der Nase zu bohren. Wenn es sich bei seinem Schüler um ein hübsches Mädchen handelte, verlegte er sich hingegen auf Grapschversuche – eine Pobacke, eine Brust, ein Schuh, er nahm alles, was er in die Finger kriegte.

Trotzdem blieb er nicht alleine. Jeder im Lager hatte Zeit. Selbst die mürrischsten Geister entdeckten an sich eine gewisse Musikalität. Die Musik würde ja eventuell ihre verwirrten Gefühle, ihre Verluste, die Dinge, die sie gesehen hatten, in eine andere Sprache übersetzen. Musikstunden nährten die Illusion von Normalität, die man benötigte, um die unvermeidlichen Spannungen des Lageralltags zu bekämpfen.

Die Lagerbewohner probierten alternative Lebensentwürfe aus. Viele von ihnen hatten ihre Teenagerjahre auf der Flucht verbracht – woher sollten sie schon wissen, wer sie waren? Jetzt würden sie dahinterkommen, jetzt konnten sie sich neu erfinden. Installateure nahmen Französischstunden; Philosophen beschäftigten sich mit Installationsarbeiten. Das Klavier war eine perfekte Spielwiese. Siebzigjährige sehnten sich nach ihrer halben Stunde Elfenbein-Abstauben.

Der schmierige Rakovsky, von seinem Genie zu dieser Arbeit verurteilt, wurde reich.

Wenn sie sicher war, alleine zu sein, zündete sich Lastivka eine Zigarette an. Alle paar Minuten quetschte sie die Ausbeulung in ihrer Strohtasche, um die Glühbirne zu fühlen.

»Zu früh?«

Sie drehte sich um: Eine schwarze Baskenmütze, ein Trenchcoat (aber draußen schien die Sonne). Etwas Vertrautes in der Stimme, der Hauch eines Knurrens.

»Meine Stunde beginnt um drei Uhr. So wie immer.«

»Ah, nein, meine Liebe.« Blaue Augen, leicht asiatisch, vermutlich Tatarenblut. Seine Gesichtszüge waren so fein wie die einer römischen Statue.

Sie fuhr mit einem Finger durch ihr Haar.

»Kann nicht sein. Das ist meine Beginnzeit.« Er sprach mit großer Geste.

»Meine Stunde ist immer um drei«, sagte sie.

»Ich hab es heute früh mit Rakovsky ausgemacht. Er hat drei Uhr gesagt«, insistierte der Fremde.

»Er muss sich geirrt haben.« Mit gesenkter Stimme fügte sie hinzu. »Wahrscheinlich der Alkohol.«

»Was spielst du?«

»Rachmaninoffs Prelude. Ein wunderbares ...« Ihr Ärger war wie weggeblasen, ihr wiedererwachtes Interesse an Musik begeisterte sie selbst. Sie öffnete ihre Partitur und zeigte ihm die Stelle, die ihr Mühe bereitete. »Siehst du?«

Er lachte. »Und wohin wirst du auswandern?«

»Ist nicht meine Entscheidung. Mein Onkel kümmert sich drum. Und du?«

»Amerika. Verrückte Yankees. Baseball und so.«

»Du hast Vorstellungen.« Sie flirtete. Wie hieß er? Geheime Gedanken, die er leicht lesen konnte, rasten ihr durch den Kopf.

»Amerika ist das neue Österreich-Ungarn. Das neue Rom.

Eine Verlagerung des Machtzentrums, verstehst du. Das Kapital bewegt sich.«
Er knöpfte seinen Mantel zu. Sie drückte mit der Hand auf ihre Glühbirne und starrte auf den Boden. Die Tür öffnete sich. Ein sommersprossiges Mädchen mit dünnen Flechtzöpfen kam heraus. Sie trug ein Bündel Noten in der linken Hand, während ihre Rechte noch die oberen Knöpfe ihres blassblauen Pullovers sicherte.
»Miss Zabobon ...«
Das war Meister Rakovskys Stimme, hoch und kräftig.
Arkady lächelte, knallte seine Absätze zusammen und stupste die Tür für sie auf.
Der Raum roch nach süßlichem, amerikanischem Aftershave.
»Ich warte auf dich«, sagte Arkady.
»Ich kann auf mich selbst aufpassen«, antwortete sie.
Sie trat ein, rannte zum Klavier, gab der heimtückischen Lattenkiste einen Fußtritt, stieg auf den Stuhl und schraubte die Glühbirne ein. Als das Licht anging, stellte sich heraus, dass der Lehrer auf der Kiste saß und ihre Beine anstarrte. Sie sprang hinunter, wurde rot und rückte den Stuhl vor dem Klavier zurecht.
Rakovsky war in schlechter Laune. Immer wieder kniff er sich in die Nase und starrte in die Ecke.
Er summte eine Melodie vor sich hin.
Schweißströme flossen während des Klavierspielens über ihre Stirn wie unbeschriebene Notenzeilen.
Das Pedal vibrierte unter ihrer abgenutzten Schuhsohle.
Rakovsky summte lauter.
Tränen verschleierten ihre Augen, aber sie spielte weiter.
Bis sie eine falsche Taste anschlug.
»Legato, legato. Idiotin, horch doch hin, so würde es Horowitz machen ...«

Das Klavier verwandelte ihn in einen anderen Menschen. Der Mann legte die Lehrsätze so aus, dass sie die verborgenen Triller des Herzens beleuchteten. Stärker, tiefer: Sein Atem veränderte sich, er ging völlig auf in den Noten, gemeinsam mit Terpsichore schwang er an einem Seil über dem Abgrund. Lastivka hielt die Luft an. Unvermittelt beendete er seine Vorführung, erhob sich und nahm die Lehrerposition ein.
Das Licht zuckte nervös, die Glühbirne flackerte und erstarb.
Sie fühlte eine Hand auf ihrem Schenkel, sprang auf und stieß den Stuhl um. »Oh ...« In diesem Moment öffnete sich die Tür. Arkady stand lächelnd da. Er hielt ihr seine Glühbirne entgegen wie einen Blumenstrauß.
»Slava Lastivka Zabobon? Arkady Vorog.«
»Sie kommen zu früh«, zischte Rakovsky.
»Nein, stimmt doch, meine Zeit ist gerade um«, sagte Lastivka.
»Nein, nein. Lida Gruda wartet auf mich, für die Englischstunde«, sagte Arkady.
»Ich dachte, du hattest drei Uhr gesagt«, beharrte Lastivka.
»Drei Uhr dreißig.«
»Sehr nett. Aber nein, denk an den Broadway«, sagte Lastivka.
»Ich würde mich mit Harlem begnügen.«
»Wo?«
Er drehte sich zu Rakovsky. »Morgen drei Uhr dreißig, Sir?«
Der alte Mann winkte mit seiner eisernen Kralle. »Vier Uhr!«
»Die Glühbirne«, sagte Lastivka.
»Ich hol sie mir am Abend.«
»Du weißt nicht, wo ich wohne«, sagte sie.
»Doch, das weiß ich«, nickte er.
Rakovsky erbte eine Glühbirne.

Es war schon finster. Nicht ein einziger Stern stach durch die Wolkendecke. Lastivka und Arkady saßen in einem Park des Städtchens Berchtesgaden. Es hatte sich herausgestellt, dass das Lager bei weitem zu klein war für ihre Träume.

Sie wollte alles über ihn wissen. Und zum ersten Mal in seinem Leben sprach Arkady offen mit einer Frau.

Sein Vater war ein Bauer gewesen, bevor er zu einem *Kulak* wurde und sie ihn erschossen.

Jahrhundertelang hatten die Vorogs ein Gebiet von zweihundert Werst südöstlich von Kiew bewirtschaftet. Arkady hasste es. Der langweilige endlose Himmel musste, wie er fand, jeden zutiefst betrüben: weil man an die ganze Welt unter ihm denken musste, die man niemals zu Gesicht kriegen würde! Dazu die Bewohner, deren Gespräche sich auf Frauen, Früchte und Gott beschränkten; und die Frauen selbst, entweder verschämt oder vorsichtig oder aber wild, grimmig wie Frettchen, mit dunkler Haut und Hüften wie Waschtröge und Stirnen schmal wie Teelöffel. Er hasste seinen Tagesablauf, das morgendliche Aufstehen, das Zwicken der Kühe, das Ausstreuen des Hühnerfutters, das Mähen des Grases. Immerhin hatte sein Vater, sobald er konnte, einen Traktor erworben. Zum Glück zeigte der Vater Verständnis für seine Ambitionen, war er doch selbst einst nach Wien gereist und hatte den großen Tenor Björling bei einer Aufführung von *Turandot* gehört. Er würde diesen Abend nie vergessen. In seinen Gedanken weilte er oft in der Stadt der Zylinder, Langmäntel und grauen Samthandschuhe, im Land der Schwäne aus geblasenem Glas, der Krippen aus Pappmaché und der Ohrgehänge in Form von Zeppelinen. Dort konnte man, so grübelte der alte Mann, während er seinen Arm tief in den Dünger tauchte, glücklich eine ganze Lebenszeit verschleudern, die wie im Flug vergehen würde. Es

gab eine Menge guter Gründe, in die Stadt ziehen zu wollen. Aber ein Mann hatte eben Verpflichtungen.
Eines Tages kamen Arkady und seine Mutter von ihrer jährlichen Pilgerfahrt nach Rovno heim, wo die Schwester seiner Mutter wohnte.
In der Hand hielt der Zehnjährige ein Holzpferd, das sein Onkel für ihn geschnitzt hatte.
Er betrachtete seine Mutter, die auf die Schienen starrte und ihre Pfeife paffte. Minuten zuvor waren die Heuschrecken verstummt. Die Vögel waren verschwunden. Der Junge hörte Fußstapfen von unterhalb. Er schaute wieder auf seine Mutter, auf die Pfeife.
Das war 1931 gewesen. Die Bolschewiken waren da. Seine Mutter flüsterte: »Komm her, Junge.«
Er spürte keine Angst. Für ihn gehörte all das, auch die Schüsse, die er immer hörte, wenn er die Stadt besuchte, zu einer vagen und unruhigen Erwachsenenwelt, für die seine Fantasie keine Verwendung hatte.
Er hockte sich zu ihren Füßen hin. Sie trug die alten, braunen Militär-Lederschuhe ihres Mannes mit den metallenen Ösen.
Am Stiegenabsatz erschienen vier Soldaten. Einer von ihnen war so fett, dass der Junge Lust verspürte, zu lachen. Ihre Uniformen waren mit Schlamm verschmiert. Arkady hatte gelesen, dass Napoleon einmal einen Unteroffizier geschlagen hatte, weil der Knopf auf einer Epaulette nicht blank poliert war.
»Wen haben wir denn da? Eine Frau, an der was dran ist.«
Seine Mutter zog an der Pfeife.
»Eine lebende Matratze.«
Arkady funkelte.
Einer der Soldaten trat auf ihn zu und nahm ihm das Holzpferd weg.

»Willst du sehen, was wir mit wilden Pferden tun?«
»Lass ihn in Ruhe«, sagte seine Mutter.
»Ah, die Matratze kann sprechen.«
Sie schloss ihre Hände um die Pfeife. Rauch drang zwischen ihren Fingern hervor.
Eine Flasche wanderte von einem Mann zum nächsten, nach dem Trinken wischten sie sich ihre Münder an den grünen Ärmeln ab.
»Also was ist jetzt mit der Matratze?«
»Willst du Wasser, Matratze?« Der Soldat hielt ihr die Flasche hin. Sie schlug sie aus seinen Händen und sie brach in tausend diamantene Scherben.
»Möchtest du wissen, ob die Matratze quietscht, wenn man darauf schläft?«
Die Szene, die nun folgte, konnte Arkady nie vergessen. Seine Mutter leistete erbitterten Widerstand. Jemand zerdrückte die Pfeife. Stiefel tanzten in der Luft. Es gab Gelächter und etwas Regen aus den Wolken, die vor den Bergen geflüchtet waren. Das war nebensächlich. Ein Soldat hielt den Jungen an den Armen und an den Füßen fest und er fühlte, wie in ihm etwas Erstaunliches geschah.
Lastivka saß ganz nahe neben ihm und die Sonne ging über dem Watzmann auf, als er ihr erzählte, er habe in jenem Moment begriffen, das Leben sei nichts als ein Spiel. Jedenfalls zog er aus dem Ereignis folgende Schlüsse: Ein Gott existierte, niemand konnte kontrollieren, welchen Lauf die Dinge nahmen, und es gab keinen Grund, etwas zu fürchten. Nie wieder wich er von diesen drei Grundsätzen ab.
Danach erschossen sie seinen Vater.
»Und was geschah mit deiner Mutter?«, fragte sie.
»Weiß ich nicht«, sagte er. »Nachdem Vater umgebracht wurde, zogen wir in den Norden zu meinem Onkel. Ich ging in der Stadt zur Schule. Jeden Monat schrieb sie mir Briefe.

Irgendwann hörten sie auf. Dann hatte ich das Gefühl, wegzumüssen.«
Er sprach in aller Ruhe. Eines der wichtigsten Dinge für ihn war, alle Konzentration auf seine Zukunft zu richten. Er war ein Mann mit einer Mission und das *Jetzt* war die Einfahrt zur Zukunft. Er wusste nicht genau, wohin er steuerte, aber er wusste, er musste beweglich bleiben, immer nach vorne blicken und nicht von der Spur abkommen.
Lastivka blieb eine Weile ruhig. »Möchtest du sie suchen?«
»Wozu?«
Er legte den Arm um ihre Schulter. Ihr Schweigen ermutigte ihn und er zog sie näher zu sich heran. Sie sagte nichts.
Die Sonne teilte langsam ihr Licht aus.
Lastivka war verliebt.
Sie dachte an alles, was in den letzten Jahren geschehen war. Millionen Menschen waren gestorben: Ganze Länder waren von der Landkarte verschwunden. Aber keines dieser Ereignisse war auch nur annähernd so bedeutend wie ihr Treffen.
Arkady überlegte da schon mehr. Er hatte viele Frauen gehabt. Die körperliche Verbindung befriedigte ihn immer. Doch hier waren andere Erwägungen nötig, Fragen des Charakters, die man nicht in einer Nacht beantworten konnte. Würde sie eine gute Frau sein? Seine Gefühle irrten wie Wolken herum: Es gab Tage des stummen Starrens, an denen er nichts fühlte, und an anderen stand er neben ihr und wurde von Licht überflutet, als würde er in eine neue Dimension eintreten.

Im Jahr 1950 stimmte Stefan der Hochzeit von Lastivka und Arkady zu.
Es amüsierte ihn, dass sie gerade ihn gefragt hatten. Sich selbst hielt er für eine Art Tröster von Geschöpfen der Nacht,

Liebhaber der falschen Sorte Frauen. Doch der Ansatz einer leichten Stirnglatze schien sogar einen wie ihn automatisch zur Respektsperson zu machen. Als wäre er ein Spezialist für das Eheleben! Stefan fand, dass Männer und Frauen einander wie Kain und Abel gegenüberstanden: Die einen zogen herum, die anderen blieben verwurzelt. Es waren uneinige Geister. Jeden Tag tauschten sie die Rollen und mordeten einander. Jede Nacht erstanden sie wieder auf, durch das Ritual des Liebemachens. Er hatte bereits seinen Bruder vor diesem zweifelhaften Tauschgeschäft gewarnt und man sah, was aus dem geworden war.

Natalka beschwerte sich über die Herkunft Arkadys, der inzwischen zum Assistenten des Befehlshabers aufgestiegen war. Ein Emporkömmling sei er, ein Provinzler aus den Hinterwäldern (das Dorf, aus dem er stammte, war doppelt so groß wie das, in dem sie selbst aufgewachsen war). Warum sollte gerade dieser Mann die makellose Genealogie der Zabobons beschmutzen? Die Abstammungsreihe reichte bis zu König Toor im zehnten Jahrhundert zurück. Ihre Tochter hatte Königsblut verdient oder zumindest einen Doktor der Medizin. Der neue Mann war eine zusätzliche Kränkung, mit der sie leben musste. Aber sie wollte nicht mit ihrer Tochter kämpfen. Sie sagte deutlich ihre Meinung und dann zog sie sich zurück, ganz wie sie es bei ihrem Schwur in der armenischen Kirche in Klagenfurt festgelegt hatte. Das Leben durfte es niemals mehr schaffen, *ihre* Hoffnungen hochschießen zu lassen. Während das Einschlafen für Stefan immer schwieriger wurde, war Natalka praktisch narkoleptisch, nur zu den Mahlzeiten wach. Sie träumte weiterhin von ihrer Mutter, die Mohnsamen in einem schwarzen Kessel aufkochte, von ihrem Vater, wie er die Brüder mit einem Lederriemen peitschte, und von ihren Schwestern, wie sie in einem Trog im Sonnenlicht badeten, umgeben von kleinen

Ferkeln. Manchmal sah sie Toor, nackt, sein Penis pflügte den Acker. Sie wünschte nur, Zenons Geschichten über ihren großen Vorfahren aufmerksamer zugehört zu haben.
Stefan mochte Arkady. In den Augen dieses Bauernsohns brannte ein Feuer: Er schien genau das richtige Blut zu haben, um eine Existenz in der Gar-nicht-so-neuen-Welt zu gründen. Heruntergekommene Pseudo-Aristokraten wie er selbst würden in Amerika keine Chance bekommen, aber das kümmerte ihn nicht. Er freute sich auf ein süßes Leben zwischen Schach, Philosophie und Zigarren. Zudem stimmte er mit Nietzsche überein, der gesagt hatte, dass einen alles stärker machte, was einen nicht tötete.
»Außerdem ist sie vierunddreißig.«
Die Hochzeit fand in einer kleinen Holzkirche aus dem siebzehnten Jahrhundert statt, die zwischen einem Weinladen und einer Arztpraxis versteckt war. Nach der Zeremonie verlagerte sich das Fest zu den Tischen am Ufer des Flusses. Ein Harfenspieler und ein kleines Orchester saßen auf einer niedrigen Plattform am Wasser und stimmten ihre Instrumente.
Die Sonne war herausgekommen, der Himmel klar und leicht wie das Dach eines Zirkuszelts. Stefan, der auf der Schwelle der Kirche stand, beobachtete mit Gelassenheit, wie die Unschuld und das Gelächter allmählich zurückkehrten. Es würde aber nicht so bleiben, dachte er. Weder die Unschuld würde bleiben noch das Gelächter. Noch der Kummer, der mit Sicherheit folgen würde, oder die Düsternis. Zwanzig Jahre später würde dieser niedliche und erbärmliche Ort von Touristen heimgesucht werden, die ganz gierig darauf waren, einen Blick jenes Nests zu erhaschen, aus dem der Adler gestürzt war. *Sic transit.*

Genau so wie Stefan vermutet hatte, war es Amerika, das Königreich des puritanischen Gottes, das auf sie wartete. Das Leben drüben würde nicht mehr so gewalttätig sein. Die Landminen und die Bomben würden fehlen. Aber sie selbst würden sich von nun an wie Menschen verhalten, die Niederlagen gewöhnt waren. Die, denen der Glauben fehlte, würden scheitern, und sie würden rasch scheitern. Denn Freiheit war beinahe so bedrohlich wie ihr Gegenteil. Sie würden vorsichtig sein müssen, langsam lernen, und sie würden lernen müssen, zu schweigen. »Keine Angst«, ermunterte Arkady ihn, »das ist nur eine Übergangslösung. Wir bleiben, bis die Amerikaner die Russen aus unserem Land jagen.« Das war keineswegs, was Stefan erwartete, aber er sagte nichts.

Kurz nach der Hochzeit bestiegen die Zabobon-Vorogs, gemeinsam mit ein paar hundert anderen Lagerbewohnern, die endlich die nötigen Einladungsschreiben und Jobangebote in der Tasche hatten, einen Zug nach Bremen. Die Internationale Flüchtlingsorganisation brachte sie zwei Wochen lang in Hotels am Hafen unter. Dann bestiegen sie das Transportschiff der Marine, das sie nach Amerika bringen sollte.

Es gab dreimal so viele Passagiere wie Betten, viele schliefen auf dem Zwischendeck. Da sie nach Geschlechtern getrennt waren, war eine der Lieblingsbeschäftigungen von Gatten, Ehefrauen und neuen Bekanntschaften, Winkel zu finden, in denen man ungestört Liebe machen konnte. Seufzer und Gestöhne drang unter den Stiegen hervor und aus den Schränken für die Bettwäsche. Jeder Reisende hatte Hausarbeiten zu verrichten: Manche arbeiteten als Schneider, andere halfen in der Küche. Arkady wurde ein Scheuerlappen in die Hand gedrückt. Auf dem Schiff ließen sie alle Teilbereiche, die sie im Lager aufgebaut hatten, im Kleinen wiedererstehen. Sie gaben eine Tageszeitung heraus, mit Klatsch und nützlichen Ratschlägen für das kommende neue Leben. Dieses würde – allmählich begannen sie das zu verstehen – ganz anders sein, als sie es sich in ihren Träumen ausgemalt hatten.

Eines Abends ging Lastivka alleine auf Deck spazieren. Sie griff verstohlen in ihre Tasche und zog eine Zigarette heraus. Arkady missbilligte ihr Rauchen, aber sie verstand sich als eine Bohémienne. Immerhin hatte sie einst die Ophelia gespielt. Ein Rezensent hatte sie in einer Avantgarde-Zeitschrift als »schüchtern wie ein Mäuschen« beschrieben. Doch das war sie nicht im Geringsten. Ihre Augen waren klein und wild. Aber ihre Sprache war langsam und verträumt und ihre Stimme war tief und wohlklingend wie die ihres Vaters. Orangefarbene Glut tanzte über das Wasser. Die Brise strich ihr Haar zurück. Ein Seemann ging mit gebeugtem Kopf vorbei und sie schnippte die Zigarette über die Reling. Aber er, mit aufgestelltem Kragen und klappernden Zähnen, hatte es eilig, bemerkte sie kaum. Ihr war nicht im Geringsten kalt: Perspektiven und Träume, diese federgleichen Tröster der Jugend, schützten sie davor, die eisige Luft wahrzunehmen. Der Ozean blitzte auf, hinterhältiger Romantik-Händler, unterstützt vom Mond, und er breitete seine diversen Waren aus; eine Gans stand plötzlich, wie fallen gelassen, an Deck – dann, als bemerke sie, dass sie am falschen Ort gelandet war, streckte sie sich, warf ihren weißen Nacken nach vorne, tauchte mit den Füßchen an und verschwand im Nebel. Ein weit entferntes Schiff hupte mit einem klagenden Eulenlaut. Vielleicht war es ein Kreuzfahrtschiff, das reiche Menschen umherfuhr, die nicht reisten, um an einen Ort zu gelangen, sondern das schiere Vergnügen der Bewegung genossen.

Ach, die Reichen. Wenn die Apokalypse käme – und Lastivka fand, sie war lange überfällig –, würden nur die Reichen vom heiligen Petrus die Einreisepapiere gestempelt bekommen. Wer sonst erfreute sich dieser wunderschönen reinen Absichten und dieser Lebensart? Sie waren wie Schnecken, Geschöpfe, die von Gott bevorzugt worden waren, weil sie ihr Haus immer am Rücken trugen, was sie zu freien und uneingeschränkten Weltbürgern machte. »Geld ist der Treibstoff des Lebens«, erklärte ihr Arkady. Er hatte diesen Ausdruck aus einem Buch. Aus einem philosophischen Buch. Sie war so glücklich, ihn zu haben. Er ergründete die Mechanismen der Welt wie der Uhrmacher eine Uhr.

Auf der Steuerbord-Seite brach ein Schwarm von Delfinen aus den Wellen.

Jemand zog am Saum ihres Rocks. Sie sah hinunter. Eine Frau mit einem schwarzen Babuschka-Kopftuch drückte sich an die Wand und zog an einer Pfeife. Bis zum Hals war sie in eine grüne Militärdecke gewickelt, die zweifellos aus einem Flüchtlingslager gestohlen war. Lastivka besaß eine ähnliche. Die Füße der alten Frau standen unten aus dem Kokon heraus, sie mündeten in Schuhe, die durch Überbeanspruchung zu Sandalen ausgefranst waren. Einer ihrer Finger deutete auf Lastivka und eine monotone Stimme löste sich aus dem Rauch wie eine boshafte Flamme. »Du wirst schrecklich leiden. Du hast deine Geister vergessen.«

Lastivka bekreuzigte sich und nahm Reißaus.

Als sie ihrem Mann die Prophezeiung wiederholte, spuckte Arkady auf den Boden, nahm einen Zahnstocher in den Mund und sagte: »Variatka! Durna Baba! Das ist exakt die Art der Lebensberatung, die mir in Amerika nicht abgehen wird. Amerikaner sind zum Glück gesund. Sie haben die Technik!«

Arkady saß nahe der Latrine und schnitzte einen Bären aus

Holz. Vor ihm lag eine ganze Menagerie: ein Kosake auf dem Rücken eines Pferdes (seine Fesseln waren zu sehen), ein Mädchen, das einen Eimer trug, und eine Harfe mit vierundsechzig Saiten. Er hatte diese Kunst von seinem Onkel gelernt. Es war wunderbar, Dinge herzustellen. Er verkaufte ein paar von ihnen an die Matrosen. So bereitete er sich auf den freien Markt in Amerika vor.

Den Startpunkt im Leben konnte man sich nicht aussuchen. Alles, was später kam, geschah nur als Reaktion auf das erste Ereignis. Menschen arbeiteten, heirateten, kämpften, sie antworteten auf äußeren Druck. In Amerika würde er seine gesamte Kraft benötigen. Er würde ganz klein anfangen müssen. Er würde sich wie ein Versager fühlen.

Er bereitete sich auf die Demütigungen vor und konzentrierte seinen Blick auf die Zukunft. Er sah sich als Cowboy in einem Roman von Karl May, als einer, der ausgesandt worden war, um neues Territorium zu erforschen. Die Hügel der Zukunft wahrten Geheimnisse; da konnte Gold im Fluss sein.

Das Gold an sich war unwichtig. Er glaubte nur an eine Sache: an die Nation. Erfüllt vom Geist der Opposition, würde er nicht ruhen, bis seine Feinde geschlagen waren.

Höchste Zeit, den Typen zu finden, der den Schwarzmarkt kontrollierte.

Pater Ivan folgte Stefan überallhin. Bei den Mahlzeiten saß er neben ihm; er trat aus dem Schatten hervor, wenn Stefan übers Deck spazierte. Immer lächelte er und murmelte etwas vor sich hin, das wie *Gottes Willen* klang, aber genauso gut *Geh zur Hölle* hätte heißen können.

Stefan zählte die Möwen, weil er hoffte, das würde ihn schläfrig machen, aber immer tauchte Pater Ivan auf.

»Pater, Pater. Ich bin noch nicht bereit für die Letzte Ölung. Was wollen Sie also von mir?«
»Du erinnerst mich an jemanden.«
»An den Teufel?«
»An jemanden von daheim. Jemanden, mit dem ich sprechen konnte. Er ist seit Jahren tot.« Das Gesicht des Priesters war von tiefen Pocken entstellt und am Rand des Munds prangte eine beachtliche Pickelbeule.
»Wie kann ich da helfen, Pater? Niemand, den ich kenne, hat Dollars.«
»Nein, nein. Dafür ist es zu spät. Es geht um Seelenfrieden. Aber den werde ich niemals bekommen. Ich habe den Teufel geküsst und er hat eine Marke hinterlassen.«
Er deutete auf seine Geschwulst.
»Diese Beule, Pater? In Ihrem Alter ist das nichts Außergewöhnliches!«
»Sie ist groß wie eine Ananas.«
»Selbstverständlich ist sie nicht klein, Pater.«
»Syphilis«, vertraute ihm der Priester an.
»Es gibt Medikamente.«
»Nein, ich nehme keine Medizin. Das besänftigt die Symptome, ohne die Ursache zu eliminieren.«
»Und an wen erinnere ich Sie?«
»Vlodyk. Ein Priester in Rozdorizha.«
Stefan hatte das erwartet.
»Was hätten Sie denn von ihm gebraucht?«
»Er ist tot. An der gleichen Seuche gestorben. Es heißt, er habe mit seinem Leben Frieden geschlossen.«
Er sprach über Stefans Vater.
»Auf Wiedersehen«, sagte der Priester und schlüpfte in die Dunkelheit.
Stefan sah ihn nie mehr wieder.

Während der langen Abende an Bord spielten die Männer Karten und debattierten über ihre Niederlassungspläne. Sie waren zu arm, um Geld einzusetzen, und deshalb schacherten sie um zukünftige Reichtümer: Traumdollar, Traumhäuser, Traumwägen. Hier fanden zukünftige Geschäftspartner zusammen. Drei Maurer lernten sich kennen und zwanzig Jahre später wurde eine Stadt in Idaho zu Ehren ihres Unternehmens *Promin* genannt.
Arkady saß auf einer Kiste, etwas abseits von der Gruppe. Er spielte gerne, wusste aber, dass er wenig Geschick dafür hatte, und zwang sich deshalb in die Beobachterposition. Belanglose Gespräche versuchte er zu vermeiden. Mit den Jahren hatte er eine Methode gefunden, die Leute in Schach zu halten. Sein Vorteil lag in seiner Körpergröße. Alles an ihm war überdimensioniert, seine Arme, seine Schenkel, auch der Kopf. Stefan hatte ihn einmal mit den Worten *grande come un cavallo! forte come un leone!* beschrieben. Er genoss es, seine Masse und seine Macht sichtbar darzustellen. Obwohl er entspannt dasaß, die Hände hinter dem Kopf verschränkt, deutete seine Körperhaltung an, dass er geduckt und jederzeit sprungbereit war. Und während er offen lächelte, vor allem in die Gesichter von Frauen, deuteten seine halb geschlossenen blauen Augen und die Kopfhaltung an, dass sich sein Lächeln nur allzu schnell in ein Zähnefletschen verwandeln könnte.
Im Osten des Landes, hieß es, würde man am leichtesten Arbeit bekommen. Im Westen sei das Leben hingegen deutlich zivilisierter. Das Pazifik-Klima, so verstand Stefan es zumindest nach der Lektüre einiger Ausgaben von *Life*, hatte einen Rhythmus und einen Stil hervorgebracht, den die Welt seit der Provence des vierzehnten Jahrhunderts nicht mehr gekannt hatte. Der Gedanke an Frankreich, die Erinnerung an diese blonden, dicklippigen Odalisken, brachte sein

Blut in Wallung. Er verspürte Lust, seine rhetorischen Fähigkeiten auf die Probe zu stellen und öffentlich für den Westen zu plädieren. Aber nachdem er den Mitreisenden viele Nächte lang zugehört hatte, entschied sich Arkady für New York. Daraus entstand ein Streit zwischen Ehemann und Ehefrau. Lastivka, die ihre Liebe zu Cafés und Museen völlig zu vergessen schien, weigerte sich plötzlich, ein Haus ohne Garten in Betracht zu ziehen. Ihr war zu Ohren gekommen, dass New York ausschließlich aus Beton und Stahl errichtet worden war.
»Das sind doch nur Zwischenschritte. In ein paar Jahren kehren wir ohnehin nach Hause zurück«, meinte Arkady.
Natalka enthielt sich jeder Meinung zum Thema. Sie behauptete, sie würde ebenso gerne nach Australien auswandern. Ihre Gleichgültigkeit machte Arkady wütend. Er funkelte sie an und biss auf seinen Zahnstocher. Natalka blickte nicht einmal von ihrer Stickerei auf. Sie arbeitete an einem Hemd für den Enkel, den sie erwartete. Sie kannte das Geheimnis der Rettungsboote, sie wusste, was die jungen Leute da drin taten. Jeden Tag blickte sie listig umher, um zu sehen, ob ihr kleiner Vogel ausgeschlüpft war.
Frustriert sprach Arkady mit dem schlauen Seemann, von dem er Pfeifentabak für Stefan erstanden hatte. Dieser genoss es, Ratschläge für das Leben in Amerika zu geben, wo er im letzten Jahrzehnt insgesamt bestenfalls sechs Wochen gewesen war. Er hatte von seinem Land vor allem von anderen Seeleuten gehört oder von jenen, mit denen er seine Landgänge verbrachte, und er reicherte die verstreuten Fakten mit seiner üppigen Fantasie an und erschuf so ein idealisiertes Mutterland. Diese mystische Kolonie, eine Collage aus Newark, Seattle und Dallas, nahm in den meditativen Gedanken des Seemanns vor dem Schlafengehen großen Raum ein und ersetzte allmählich seine unglücklichen Er-

innerungen an seine Heimat Ohio. Das Ergebnis einer dieser Konferenzen war, dass Arkady lächelnd zu den anderen stieß, als hätte er soeben ein Grundstück in Walhalla erworben, und nur zwei Wörter sagte: »New Jersey!«

GARTENSTAATEN

Sauberes Leben

Ihr Gönner, der den Einwanderungsbeamten sagte, er habe Jobs für Arkady und Stefan, arbeitete als Platzanweiser in einem Lichtspielkino, das die neuen Filme erst lange nach den anderen bekam, in der Bleeker Street in New York. Während Arkady auf Arbeitssuche ging, saßen Stefan und Natalka vor der Leinwand und sahen *King Kong*.

Der Riesengorilla rüttelte an den Toren. Die Dorfbewohner brüllten und schüttelten ihre Speere. Sie konnten ihn nicht aufhalten. Die Tore barsten. Das Monster starrte auf die kleinen Menschen herab. Letztlich schafften die Amerikaner, es unter Drogen zu setzen. Aber sie begingen den Fehler, es nach New York zu schaffen. Lasst das doch bitte sein, dachte Stefan, das ist doch wirklich nicht nötig. Keiner hörte auf ihn. Natürlich erklomm Kong das Empire State Building. In seiner Faust krümmte sich Fay Wray. Natalka schnarchte bereits.

Als erste fand Lastivka Arbeit, und zwar als Putzfrau in einem Bürogebäude in Midtown. Sie fuhr mit der Subway, Linie A. Ihre Mitpassagiere erinnerten sie an die verrückten Menschen in Wien. Eines Morgens begann ein Mann lautstark aus der Bibel vorzulesen, während die Jungen gegenüber mit Schlagkeulen das Glas aus einem Fenster droschen. Bei der Station 23rd Street stieg Lastivka aus, rannte zum gegenüberliegenden Bahnsteig und nahm den nächsten Zug zurück nach Hause. Sie schwor Arkady, die Wohnung nicht mehr zu verlassen.

Ein paar Tage später besann sie sich anders und ging zur St.-George's-Kirche am St. Mark's Place. Dort beteiligte sie sich an ehrenamtlichen Geldsammlungen diverser Frauengruppen, die dem alten Kontinent zugute kommen sollten. Sie hielten Tombolas ab, verkauften frische Backwaren, organisierten Flohmärkte. Immer wieder kamen die immer gleichen Leute zu den Veranstaltungen. Es war überraschend einfach, in Amerika zu leben, ohne je Amerikaner zu treffen. Nur beim Einkaufen konnte man sie sehen. Das Erstaunlichste war, dass allen hier gleichgültig war, welche Sprache man redete. Das war der größte Unterschied zwischen der Alten und der Neuen Welt.

Arkady hatte Probleme damit, seine Jobs zu behalten. Er war Möbelpacker, dann fuhr er Zeitungen in Long Island aus, er pumpte Gelee in Donuts. Immer wieder feuerten sie ihn wegen seines Temperaments. Sein Charakter war unveränderlich und er wusste das. Kaum sprach der Angestellte im Haushaltswarengeschäft mit ihm oder ein Kollege oder gar der Boss, horchte Arkady angestrengt auf das geringste Echo einer Herablassung. Bei einer Sonntagsmesse traf er Edward Zaremba, den Cousin von Lastivka, der auf der »SeaLand Plant« in Newark arbeitete. Edward nahm Arkady mit und stellte ihn seinem Vorarbeiter vor. Bevor Arkady es begriff, war alles erledigt. So funktionierte das also in Amerika. Es kam auf die Bekanntschaften an. Aber der Job war gewerkschaftlich organisiert und der Verdienst war gut: Wer wollte sich da beschweren?

Ich hätte *wirklich* gerne ein Kind, dachte Arkady, als er vor dem Spiegel stand und seine Krawatte band.

In der Küche gab ihm Lastivka einen braunen Plastiksack mit einem Leberwurst-Sandwich und eine Thermoskanne mit Erbsensuppe.

Seit sie ihren Job aufgegeben hatte, verspürte sie auch den Kinderwunsch.
»Und bitte werd nicht nass«, witzelte sie. Sie hatte die *Sea-Land Plant* nie gesehen, aber sie kriegte die Vorstellung nicht los, dass ihr Mann auf einem Landfleck in der Mitte des Ozeans arbeitete.
Ein Kind. Das Geld. Ein Kind, um den Familiennamen lebendig zu halten. Das Geld. Ein Kind, dem sie alles weitergeben könnten, was sie über dieses harte Geschäft des Lebens gelernt hatten. Manche Träume benötigten einige Lebenszeiten Arbeit. Und das Geld.
In dieser Nacht berührte er Lastivkas Brüste.
Später sagte er: »Wenn es ein Mädchen wird, wird sie Theodosia heißen. Wenn es ein Junge wird, nennen wir ihn Bohdan.« Sie streckte ihm ihre Nase entgegen für einen Kuss.

»Es ist passiert, ein Mädchen«, sagte Stefan zu der halb bewusstlosen Natalka, die sich in der Küche festgesetzt hatte. Essen und Schlafen waren die einzigen Tätigkeiten, die sie noch interessierten.
»Hmmmm?«
»Du bist jetzt bald Großmutter. Vielleicht wird dich das aufrütteln.«
Natalka öffnete ihre Augen. Sie lächelte. »Was für ein Elend.«
»Ich weiß, was du meinst«, sagte Stefan. »Aber da müssen sie jetzt selbst durch. Und ich werde, wie es aussieht, doch noch Arbeit finden müssen.« Er hatte jeden Nachmittag der letzten Woche damit verbracht, Robert Donat im *Prisoner of Zenda* zu sehen.
Von Zeit zu Zeit, wenn er die Second Avenue entlangspazierte, traf er Leute, die er aus Rozdorizha oder aus den Lagern kannte. Gelegentlich blieben sie stehen und es ergab sich ein Gespräch.

»Kommst du auch zu diesem Treffen am Freitag?«
»Ich muss arbeiten.«
»Es heißt, dass Stalin krank ist.«
»Soll er tausend Tode sterben.«
Ebenso häufig traf man Leute, die ihre Bekannten aus der Alten Welt absichtlich übersahen. In Amerika hatten sie das Recht erworben, zu vergessen.

In den Wochen vor der Geburt betete Lastivka konzentrierter als je zuvor. Sie flehte Gott an, zu schwören, dass Er für ihr Erstgeborenes auf eine Art sorgen würde, wie Er noch nie für jemanden gesorgt hatte. Immerhin war das *ihr* Kind. Folge ihm überallhin, wie die Luft, sagte sie zu Gott. Ich weiß, Du wirst das bestimmt tun, fügte sie versöhnlich hinzu, Du tust das allein schon aufgrund Deiner Gottesnatur.

Der Junge lag im Gitterbett, Stefan schlief auf der Couch in einer Ecke des Raumes, Natalka in der anderen. Über der Matratze, die auf dem Boden lag, hatten die jungen eifrigen Eltern ein Zelt errichtet.
»Er wird Musik machen …«
»Er wird Geld machen …«
»Gott wird dabei helfen.«
»Das wollen wir hoffen.«
Als sie mit ihrem Sohn allein war, flüsterte Lastivka: »Hör zu: Du bist der Sohn von Königen und die Kinder, die du zeugst, werden wieder Könige sein.«
Bald nach Bohdans Geburt kaufte Arkady einen schwarzen Chrysler. Die Familie unternahm Sonntagsausflüge aus der Stadt hinaus, sie erforschten die Strände. Oft nahmen sie Lastivkas Cousins mit, die Zarembas. Nachdem sie monatelang Ausschau gehalten hatten, fanden sie ein erschwingliches Zwei-Familien-Heim.

Das Paradies auf Erden

New Jersey war der Himmel.

Von New York aus betrachtet, begann es auf der gegenüberliegenden Seite des Flusses, in Hackensack, und es erstreckte sich über Bayonne und Jersey City bis hinunter nach Camden, zur Grenze von Philadelphia. New Jersey war eine einzige Fabrik, vernetzt mit Förderbändern, die man Highways nannte. Auf ihnen rasten die Millionen Einzelteile herum, die Amerika in Gang hielten. Ein Drittel der Bevölkerung des Landes lebte in dieser Region. New Jersey saugte von überall her die Bodenschätze auf und verwandelte sie in Produkte. Es war die Wiege jeglichen Konsums. Dieser Region verdankte die Welt neben dem Bier, den Petrochemikalien und der Lackindustrie auch endlose Oden von Dichtern in freier Versform ... Alle profitierten. Kühe auf argentinischen Farmen kauten Abführmittel aus Rahway, während ihre Besitzer in Madrid Buds soffen und der zukünftige Präsident des noch zukünftigeren Landes Tschechien sich an den Gesängen des skatologischen Propheten aus Newark berauschte.

Der Abfall häufte sich. Und er blühte. Der Gartenstaat, die Grünflächen entlang der Highways und in den bewohnten Gebieten. Sogar die neuen Shopping-Center protzten mit Gärten. Josefskraut, Löwenzahn, Malven. Neben den Fabriken, in Wohnsiedlungen, die Friedrich Engels bekannt vorgekommen wären, blühten Königskerzen und Kermesbeeren am Bürgersteig. Und konnte man je genug über die Vorstädte sagen? Veteranen aus fremden Kriegen, die die menschliche Natur aus nächster Nähe hatten bestaunen dürfen, errichteten hier Sicherheitshäfen, in denen ihre Kinder so beschützt aufwuchsen wie Schimpansen im Zoo.

Im Jahr 1950 lebten sechs Prozent der Weltbevölkerung in den Vereinigten Staaten und sechzig Prozent des Weltreichtums häufte sich hier. Truman war Präsident. Es gab antibritische Aufstände in Ägypten. 16 000 Menschen überquerten monatlich die Grenze von Ostberlin nach Westberlin. Albert Schweitzer lebte noch. Stalin ebenso. Marokko wurde von einer Heuschreckenplage heimgesucht, Hurrikane tobten in der Karibik. Erst dreißig Millionen Menschen weltweit besaßen Fernsehgeräte und die meisten von ihnen lebten in der Gegend von New Jersey. Europa und Amerika spürten noch den Hauch der Verrücktheit, das Postkriegssyndrom. Grashüpfer und Grillen waren überall. Glühwürmchen blinzelten, während Silbermotten einen Sprühregen von Puder vergossen, wo immer sie landeten, und wild um die Kerzen sausten, die die Exilanten auf dem Rotholztisch in Free Fall aufgestellt hatten.

Und dazu noch die Technik.

»Was habe ich dir gesagt? Hier kriegt jeder sein eigenes Orchester«, weinte Arkady, als der *Blaupunkt* geliefert wurde, ihr erstes Stereogerät. »Stereo«, flüsterte Lastivka und lauschte den Klängen von Chopin.

Über alldem lag der Ozean. Der Atlantik, benannt nach dem Kontinent, den er verschluckt hatte, randvoll mit Wasser aus Bremen, Hamburg und vom Schwarzen Meer. Egal, an welchem Ort von New Jersey man lebte, Wasser war immer in der Nähe.

Das Haus in Free Fall hatte zwei Kamine. Es war weiß und es lag wie eine dreistöckige Hochzeitstorte in der Mitte eines grünes Serviertabletts. Zur Jahrhundertwende erbaut, prahlte es mit einer offenen Frontveranda hinter Kiefern, die über die Kamine ragten und das Haus vor den anderen Häusern versteckten. Im östlichen Innenhof befand sich ein bescheidener Obstgarten mit Pflaumen-, Apfel-, Kirsch- und Pfirsichbäumen, die dank der Eichhörnchen und Rabenvögel niemals auch nur eine einzige Frucht trugen. Zwischen ihnen wuchs ein alter, kranker Maulbeerbaum, dessen bienenstockartige Früchte weitere Tierpopulationen anlockten. An einem feinschottrigen Fahrweg hinter dem Garten stand ein Fiakerhaus, umfunktioniert zur Garage. Hufabdrücke waren in die Dielen gestanzt, um einen dieser Pfosten zum Anbinden der Pferde herum. Darüber hinaus gab es Böcke, verkrustete Bretter eines einstmals weißen Lattenzauns, drei rote Schubkarren und den Schatten eines Papageis, der auf den Namen Sydney hörte.

Die Vorogs lebten auf einer Insel, die Arkady erfunden hatte. Die Kraft seines Willens, seines Traums, hielt die Familie davon ab, die Welt um sich herum wahrzunehmen.

Sogar Gwen McDonald, die in dem weinrot überdachten Haus in North Murdock wohnte, scheiterte beim Versuch, sie kennen zu lernen. Gwens Familie lebte seit dem späten achtzehnten Jahrhundert in Free Fall. Als die Vorogs ankamen, veranlasste sie die gebotene Höflichkeit zu einem Besuch. Sie brachte Lokalzeitungen und artikulierte mit Vorsicht einige Ratschläge, die den neuen Nachbarn helfen sollten, sich in die Dorfgemeinschaft einzufügen. Arkady horchte geduldig zu, während sie von der *Parent Teacher Association* erzählte, vom Briefmarkensammelklub, vom Schießverein, vom Kanuklub, von der Seniorenorganisation (für Natalka und Stefan) und anderen örtlichen Vereinen. Nachdem

sie gegangen war, ließ man das Thema fallen. Niemand hatte Zeit für solchen Kleinkram. Wieso sollte man sich mit einem Land beschäftigen, in dem man bestenfalls Kurzzeitbewohner war?
Mit Ausnahme von Gwen wussten die Nachbarn nicht, wie sie sich den Vorogs gegenüber verhalten sollten. Man misstraute diesen kuriosen Typen, diesen Russen. Denn für solche wurden sie von den Anwohnern gehalten – trotz Arkadys leidenschaftlichen Beteuerungen, vor den Russen seien sie ja gerade geflüchtet.
Gelegentlich war Dr. Wilhelm Kaiser im Nebengarten, um seinen Wacholder zu beschneiden, während Stefan einem Besucher die selbst gezüchteten Kaninchen zeigte. In seinem kaum verständlichen Englisch stellte Stefan Dr. Kaiser den General Soundso vor, Gesandter in Holland während der österreichisch-ungarischen Monarchie. Was für ein Vergnügen, einen derart wichtigen Mann kennen zu lernen! Ein Botschafter? Wie famos. Augenblicklich verkauft er also Fahrräder (drei Gänge sind gerade in Mode) in Elizabeth, New Jersey? Naja, erstaunlich, wirklich schade. Nun, so ist eben das Leben. Das Rad des Glücks, sozusagen. Ach, dieser verdammte Wacholder. Natur kann doch etwas so Wunderbares sein, wenn sie die Pflanzen nur ein bisschen in Ruhe stehen lassen würde!
Später beobachtete Dr. Kaiser den ehemaligen Botschafter, wie er mit beiden Armen an einem Ast des Maulbeerbaums hing und Affenschreie ausstieß. Damit amüsierte er offenbar ein paar Frauen, die Dinge gurrten wie: »Schau dir den dummen Affen an! Gib ihm eine Nuss! Gib ihm eine Nuss!«
Die Nachbarn waren so tolerant, wie das nur Amerikaner in den Vorstädten sein können, die einen Karneval aus Bräuchen und Traditionen gewohnt waren. Auch wenn sie sich von diesen Neuansiedlern, die für zivilisierte Lebensformen

unfähig zu sein schienen, letztlich abwandten, musste man eines zugeben: Die Nachbarn riefen selten die Polizei, und wenn, dann nur in solchen Momenten, in denen die Schreie, die aus dem Haus drangen, selbiges zu verlangen schienen.

Einmal, nachdem er Orion entdeckt hatte, lud sich Dr. Kaiser bei den Vorogs zum Abendessen ein.

Dr. Kaiser war, wie jeder außer den Vorogs wusste, ein Säufer, der bereits zwei Mal von der *American Medical Association* untersucht worden war, weil es Beschwerden von weiblichen Patienten gegeben hatte.

Er war ihr erster amerikanischer Gast.

»Was soll ich denn kochen?«, jammerte Lastivka.

»Was du immer kochst.«

»Er wird Hamburger erwarten und Hotdogs.«

»Dann mach ihm so was.«

»Ich weiß nicht, wie das geht.«

»Also was?«

Sie kreischten einander so lange an, bis die Türglocke läutete.

Arkady hatte dem Doktor gesagt, er solle doch seine Frau mitbringen, aber er hatte eine Absage erhalten. Es sei nicht möglich, die Frau ginge niemals aus. Diese Zurückgezogenheit schien für amerikanische Frauen ganz normal zu sein, sie vermieden es, ins Freie zu gehen, so als würde die Luft vor gefährlichen Seuchen wimmeln. Man traf sie höchstens in Supermärkten.

Es war ein warmer Abend. Der Doktor trug einen blauen Leinenanzug, eine blutrote Krawatte und glänzend schwarze Wingtips-Schuhe. Er lächelte breit (er war sternhagelvoll) und schien die Schweißströme auf Arkadys Stirn gar nicht zu bemerken.

Lastivka hatte Borschtsch, Karpfen, *Galupci* und Linzer Torte zubereitet. Wann immer das Gespräch ins Stocken geriet, zog Arkady eine Augenbraue nach oben, um Lastivka zu deuten, nun käme der nächste Gang an die Reihe. Ohne die Beklemmung auch nur im Geringsten zu registrieren, schlürfte Kaiser die Suppe, ging mit dem Messer auf den Fisch los und trank das vierte Glas *Liebfraumilch*.

Er sei gerade in Feierlaune. Er würde ihnen sogleich davon erzählen. Zuerst beschrieb er die Ausstattung seines Sommerhauses in den Pocono Mountains und auch noch das Häuschen, das er und seine Frau auf Long Beach Island jeden Juli mieteten, dann erzählte er die Geschichte ihrer letzten Reise in die Schweiz. Ob sie jemals in der Schweiz gewesen waren? Nein? Kämen sie nicht aus dieser Gegend? Ja doch, das sei recht nahe. (Arkady kam mittlerweile zu spät zur Arbeit, Lastivka fürchtete, dass in den Kohlrouladen zu viel Zwiebel war.) In seinen späten Jahren, sagte der Doktor, habe er sich aus persönlichem Interesse und zum metaphysischen Trost der Astronomie zugewandt. Er wisse, dass es nur eine Art gäbe, etwas wirklich in Erfahrung zu bringen: wenn man es selbst gelernt hatte. Deshalb hatte er beschlossen, zu überprüfen, ob die Sterne am Himmel tatsächlich den Gesetzen unterlagen, über die man so las, oder ob das Ganze einfach der Schwindel einer Werbeagentur war. Sein Verdacht lief darauf hinaus, dass, wenn die Bücher tatsächlich Recht hatten, Ordnung in der Welt herrschte: Dann würde sich der Planet Erde in Übereinstimmung mit dem Himmel bewegen. Er hatte einige Originalentdeckungen gemacht, erzählte er und tätschelte seinen Glatzkopf. »Mit bloßem Auge kann man es nicht sehen, aber wenn man es mit einem guten Teleskop betrachtet« (er hatte ein Bausch & Lomb), »der Handgriff des Großen Bären ist neuerdings abgeschlagen.« Eines Nachts hatte er Teile da-

von wegfliegen sehen. Lastivka und Arkady schüttelten fassungslos ihre Köpfe. Stefan stierte geradeaus und biss auf seine Zunge.
»Warum publizieren Sie Ihre Entdeckung nicht?«, fragte Arkady.
»Wenn die Regierung das nicht öffentlich machen will, muss es einen Grund dafür geben«, erklärte er.
Arkady und Lastivka nickten. »Natürlich muss es dafür einen Grund geben.«
Nach einer Stunde war Arkadys Hemd schweißdurchtränkt. Er musste jeden Satz drei Mal wiederholen.
»Es ist nicht weit von Polen.«
»Wie war der Name noch einmal?«
»R-O-Z-D-O-R-I-Z-H-A.«
»Wie bitte?«
»Zuerst waren wir in Berchtesgaden und dann ...«
»Wie schreibt man das wieder?«
»B-E-R-C-H-T-E-S-G-A-D-E-N.«
»Klingt deutsch.«
»Ist es auch.«
»Dort haben sich meine Frau und ich getroffen.«
»Oh, ich dachte, Sie sind aus dem gleichen Land?«
»Ja, aber wir haben uns im Lager kennen gelernt.«
»In einem dieser Flüchtlingslager?«
»Ja.«
»Und Sie waren auch in diesem Lager, Mr. Zabobon?«
»Ah, ja.«
»Und wo waren Sie vorher?«
»P-A-R-I-S.«
»Frankreich?«
Als sich die Tür hinter Kaiser schloss, versetzte Arkady dem Hund einen Fußtritt. Das war der letzte Amerikaner, der dieses Haus jemals betrat.

Geld

Für Arkady läutete der Erwerb von Eigentum die schwarzen Jahrzehnte der Hypotheken und Überstunden, der ruinierten Öfen und löchrigen Dächer, der bitteren Morgen und traurigen Abende, der schweigsamen Herzen und abgetakelten Körper ein.
»Geld, Geld, Geld«, fluchte er.
»Hüte dich vor Blindheit«, empfahl Stefan, der Lebemann mit seinen Plato-Weisheiten.
Lastivka und Arkady stritten ununterbrochen. »Ich fordere ein Haushaltsgeld!«, schrie sie und trat gegen den Sessel.
»Was brauchst du denn? Ich kaufe es dir.«
»Nein, ich möchte es selbst kaufen.«
Lastivka hatte ihre Näharbeiten wieder aufgenommen und einen leeren Raum im dritten Stock mit Kreppschachteln, hell gemusterten Kunststoffen und lindgrüner Baumwolle vollgestopft.
»Du hast gehört, was ich gesagt habe«, knurrte Arkady.
»Du ungehobelter Bauer! Niemals hätte ich dich heiraten sollen. Unterschiedliche Klassen sollten sich nie mischen.«
Nach einer ihrer Auseinandersetzungen schloss sie sich im Badezimmer ein. Arkady schnappte sich tobend ein Buttermesser und stocherte im Schloss herum.
Bo saß am Esstisch in seinem Hochsessel und konnte nicht davonlaufen.
Doch wie Stefan immer gesagt hatte, Arkady hatte das passende Blut. Trotz seines aufbrausenden Charakters fühlte er

sich ausnahmslos für die Ernährung jedes Menschen verantwortlich, der an seinem Tisch Platz nahm.

Da Arkady nicht trank, konnte er sich nur durch Brüllen abreagieren. Ununterbrochen geriet er in Rage. Zum Bespiel ärgerte er sich über eine Telefonrechnung. Er sprang auf und schlug auf Lastivka ein, sodass sie zwei Schritte zurücktaumelte, bevor sie wieder die Balance fand. Sie starrte ihn mit grauen eisigen Augen an, ohne ein Wort zu sagen, und dann spuckte sie in seine Richtung. Der Auswurf verfehlte sein Gesicht und landete auf dem Mantelkragen.
Er drehte sich um und verließ den Raum. Das Gras musste geschnitten werden. Er marschierte in die Garage und schob den Rasenmäher ins Freie. Er zog an der Schnur, einmal, zweimal. Endlich startete der Motor, spuckte Rauch aus. Er fuhr los. Dieses Miststück.
Die Mauer, die Arkady rings um sich aufgebaut hatte, machte ihm schwer zu schaffen. Seine Wut war die Mauer selbst und seine Wut war gleichzeitig der Rammstein, mit dem man die Mauer niederreißen konnte. Du Miststück. Du kennst dich und deine eigenen Bedürfnisse, sonst gar nichts. Was weißt du schon von dieser Welt? In diesem Land behandelten einen die Chefs so, wie es früher die Russen taten. Die hiesige Sklaverei war raffiniert. Es herrschte die Auffassung, man könne sich zwischen den Klassen bewegen. Aber das konnte man nicht, ohne den umzubringen, der man einmal gewesen war. Er tauchte den Mäher in die Wiese und atmete den Geruch des geschnittenen Grases ein. Ich hasse dich, du selbstsüchtige Hure, murmelte er vor sich hin, während der Wind die Schweißtropfen auf seiner Stirn trocknete. Überall Sklaverei, wohin man auch blickte. In der Arbeit war er Sklave des Vorarbeiters Kopf. Daheim war er der Sklave seiner Frau, weil er »Ich liebe dich« zu ihr

gesagt hatte. Diese Worte erschienen ihm wie Fesseln, die ihn an sie ketteten, die beide Herzen untrennbar zusammensperrten. Das Schlimmste war, dass er mit niemandem darüber sprechen konnte. Er sprach von Natur aus wenig. Am liebsten hätte er seine Frau verlassen. Aber ein Mann war immer nur so viel wert wie sein Wort. Wenn er sein Wort brach, was würde dann von ihm übrig bleiben? Er blieb stehen, um eine Raupe zu betrachten, die gerade über einen Stein kroch, ihren pelzigen Körper aufrichtete, der zu einem Fragezeichen anschwoll. Wie sollte man denn leben? Wie sollte man mit einer Frau zurechtkommen, die nichts anderes tat, als ihren Mann mit ihren ewigen Klagen umzubringen? Als hätte er nicht ununterbrochen gearbeitet. Als wäre er nicht schon mit seinem Entschluss, in die Vorstädte zu ziehen, an seine Grenzen gegangen. Sie gehörten zurück ins Ghetto der Lower East Side. Was erwarteten denn alle von ihm? Keine Liebe zu bekommen und dann noch wie ein Irrer zu arbeiten? Am liebsten hätte er gesagt: »Ich kenne dich nicht. Lass mich in Ruhe. Ich halte dein selbstsüchtiges Gequatsche nicht mehr aus!« Lastivka machte ihn krank: Ihre Haut hatte Dellen bekommen; ihr Haar war gefärbt. Auch auf Geschlechtsverkehr hatte sie keine besondere Lust mehr. Aber als sie ein eigenes Bett gefordert hatte, hatte er seinen schweren Kopf geschüttelt. Nein, das war undenkbar – wenn er sie nachts nicht mehr berühren konnte, wären sie nicht mehr verheiratet.

Er hätte mit jemand anderem schlafen können, warum denn nicht? Aber er hatte Angst vor dem Ehebruch, deshalb ging er nicht ins Bordell, höchstens in einen Pornofilm in New York. Diese Ausflüge beruhigten ihn, aber sie machten ihn auch krank. Nach jedem dieser Sprünge in eine reine Fantasiewelt, in der vor seinen Augen Tätigkeiten ausgeführt wurden, als hätten sie keine Konsequenzen, fühlte er sich gesättigt und vergiftet. Doch die Lust hatte ihn im Griff. In der Arbeit fegte er mit seinem Besen über den Boden, aber im Inneren wühlte ihn das plumpe, weiche Mädchen auf, das er kurz zuvor auf der Straße gesehen hatte. Eines Tages fuhr er vom Ukrainian National Home in New York nach Hause. Er hatte dort ein Fußballspiel im Fernsehen verfolgt. Als er in der Gegend des Holland Tunnel an einer roten Ampel stand, klopfte jemand an sein Fenster. Eine große blonde Frau mit vollen Lippen und grün schattierten Augen lächelte ihn aufmunternd an. Aus dem Radio erklang *La Traviata. Sacrificio,* die Stimme von Alfredos Vater dröhnte in einer Anwandlung paternaler Einmischung. Die Blonde trug ein gelbes Oberteil, das sich wie Gummi an ihre Brüste schmiegte, und einen schwarzen Rock, der ihre Beine bis knapp über die Knie bedeckte. Sie lächelte, zeigte mit dem Finger auf ihn und dann auf sich selbst. Sie presste einen dunkelroten Fingernagel gegen ihre anschwellende Brustwarze. *Addio de passato*, sang Violetta. Die Blonde begann ihr Top nach oben zu rollen. Arkady bestand nur noch aus Muskel und Knochen, als er auf die schwingenden Bewegungen ihrer Brüste starrte und auf die Brustwarzen. Um seine Treue endgültig auf die Probe zu stellen, ging die Frau nun dazu über, ihren Rock nach oben zu ziehen. Ein Konzert von Hupen beendete sein Vergnügen. Die Fahrer hinter ihm waren der Szene überdrüssig. Vielleicht kannten sie diese Showeinlage bereits.

Wenn er sich später an dieses Erlebnis erinnerte, geriet er ins Zittern. Er zog in Betracht, den Zwischenfall einem Pfarrer zu beichten, doch er glaubte an Gott, nicht an Pfarrer.

Er schob seinen Rasenmäher durch das lange Haar der Wiese. Die Maschine knatterte so laut, dass sie seine eigenen Gedanken übertönte. Vor ihm tauchte das Bild seiner Mutter auf, damals am Bahnhof, als ihr von Soldaten ihr

Rock über den Kopf gezogen wurde, und er schob den Rasenmäher weiter, der tiefer und tiefer in Amerika eindrang. Da gab die Maschine plötzlich ihren Geist auf. Er zog an der Schnur. Nichts.

Jahrelang bemühte sich Lastivka, nicht in die Auslagen zu schauen. Manchmal konnte sie jedoch nicht anders. Sobald sie einen Rock oder eine Bluse sah, die sie begehrte, betete sie ein Maria Hilf. Ein eigenes Nähzimmer zu haben, das war einfach nicht das Gleiche, wie Kleidung aus Taiwan oder Paris zu kaufen. Die Mädchen in den Magazinen trugen brandneue Kleider, immer solche, die genau zu ihrem Lächeln passten. Ihr Leben schien vor Helligkeit, Wärme und Ordnung zu glänzen. Sie las die Geschichten und kochte ihre Rezepte nach, aber trotzdem erreichte sie ihre Vorbilder nie.

Hätte sie nur etwas besser ausgesehen! Für die Alte Welt war sie hübsch genug gewesen. Aber hier zogen die Männer dem schlaffen Fleisch der Wirklichkeit perfekte Bilder vom Reißbrett vor. In Amerika wurden Göttinnen produziert.

Das wenige Geld, das ihr zur Verfügung stand, investierte sie in Perücken. Die erste legte sie sich in einem Kaufhaus in Elizabeth zu, eine mit rotem, synthetischem Haar. Die zweite Perücke war aus Tierhaar. Seit Stefan einen Job als Angestellter bei Woolworth's bekommen hatte, konnte er ihr die eine oder andere Ware verbilligt verschaffen.

Sie liebte die Perücken auch deshalb, weil ihr klar war, sie würde sie nie tragen. Arkady würde ihr das keinesfalls erlauben.

Ihre Sammlung vergrößerte sich. Bald hatte sie Perücken in allen Farben. Sie kaufte ein paar Styroporköpfe. Wenn Arkady in der Arbeit war, stellte sie die Köpfe im Schlafzimmer auf. Ihnen vertraute sie an, dass ihr Gemahl ein Grobian war und sie selbst eine einsame Frau. In solchen Momenten tauchte manchmal, am Rand ihres Blickfelds, ihr Vater auf. Er lehnte am Türpfosten und lächelte.

Dieser Ehemann war eine Herausforderung für ihre Tugend. Sie wappnete sich gegen alles, was ihm Vergnügen bereiten konnte. Sie hasste Kaffee, weil Arkady ihn liebte, sie sang ihm nichts vor, weil er unmusikalisch war. Warum hatte sie früher nie bemerkt, wie grundlegend unterschiedlich sie waren? Beide spürten die gleiche Isolation. Sie sprach zu ihren Pflanzen, zu den Perücken und zum Geist ihres Vaters. Niemand sonst verstand sie. Den Perücken erzählte Lastivka, sie würde erst heiraten, wenn sie eine berühmte Schauspielerin geworden war. Lag es am Krieg? An der seltsamen Art, mit der er Dinge beleuchtete und ihnen Bedeutungen gab, die sie vorher nie gehabt hatten?

Sie liebte die Boulevardzeitungen. Da gab es Artikel über Hunde, die Kinder zur Welt gebracht hatten, über Politiker, die halb Mensch und halb Eidechse waren, über die regelmäßigen Besuche der Marsbewohner. Besonders genau las sie Berichte über Frauen, die ihre Ehemänner töteten. Die Gewalttätigkeit, die in ihr selbst schlummerte, versetzte sie in Furcht.

Mit Schuldgefühlen erinnerte sie sich an eine Geschichte, die ihr eine Nonne erzählt hatte. Die heilige Teresa von Ávila war auf dem Weg nach Rom vom Esel gestürzt. Sie hörte die Stimme Gottes: »So behandle ich meine Freunde.« Darauf antwortete die freche Frau: »Vermutlich hast Du, Gott, deshalb so wenige.« War sie nicht selbst ein bisschen wie die heilige Teresa? Gott hatte ihr ebenfalls ein unmögliches Leben verpasst! Ihr Vater war erschossen worden, ihr Heimatland geraubt, aber trotzdem liebte sie den Herrn, ging täglich zur Messe und drängte ihren Mann, ähnlich zu handeln.

Der aber hatte nichts Besseres zu tun, als wegen jeder Kleinigkeit einen Streit vom Zaun zu brechen. Sie konnten einfach keinen friedlichen Vormittag verbringen.
»Fahren wir am Sonntag aufs Land?«
»Wie? Wieso? Unmöglich.«
Arkadys Antworten waren wie Ohrfeigen. Sie spürte einen starken Drang, ihn ebenfalls zu verletzen. Warum lief das nur so falsch? Waren Zenon und Natalka so miteinander umgegangen?
»Wann bringst du mich zum Meer?«, fragte sie, um ihm ein Zugeständnis abzuringen.
Zum Glück arbeitete er; wäre er dauernd daheim gewesen, hätten sie einander mit einiger Sicherheit umgebracht.
Sie selbst beteiligte sich kaum noch an den Kirchengruppen, viel weniger als früher in der Stadt.
Einmal fragte sie ihre Mutter: »Sind eigentlich alle Ehen so?«
Natalka blinzelte durch die Lider. »Wie meinst du das, Liebling?«
»War das zwischen dir und Vater auch ein solcher Kampf?«
»Schlimmer, Liebling. Entweder sie schossen auf ihn. Oder er predigte. Er hielt lange, unsinnige Vorträge. Er schärfte mir ein, was ich von Musik halten sollte, vom Gras, von meinen Träumen. Nicht einmal meine Träume ließ er mir. Ich zerstörte daraufhin seine gesamte Bibliothek. Ach Liebling, Ehe bedeutet Krieg. Mach dir keine Sorgen, es ist das Normalste der Welt.«
Erschöpft schloss Natalka ihre Augen und sank wieder in ihren Dämmerzustand zurück. In ihren Träumen praktizierte König Toor von hinten Liebe mit ihr. Vom Aussehen her ähnelte er King Kong.
Lastivka wandte sich dem Geist ihres Vaters zu, dessen Gestalt sich vage hinter einer Rauchwolke abzeichnete.

»Mach dir keine Sorgen«, sagte auch er. »Es ist nun einmal so. Vom Augenblick ihrer Geburt an sind Männer anders. Man bringt ihnen die Andersartigkeit bei und so werden sie eben anders. Männer und Frauen verwenden die gleiche Sprache, aber ihre Worte stehen nicht für dieselben Dinge. Keiner von ihnen kümmert sich darum, herauszufinden, was der andere meint. Niemand hat Zeit dafür. Das Leben ist wie ein Film mit kontinuierlich laufendem Projektor. Denn im Leben gibt es leider keine Standbilder. Was passiert ist, das kann man nicht rückgängig machen. Wenn du in der Mitte rausgehst, kriegst du das Ende nicht mit. Das Kino ist eine tolle Erfindung. Weißt du, dass du neben dem Haus seines Erfinders lebst?«
»Weiß ich. Ich war schon in Hollywood.«
»Nein, Liebling. Thomas Alva Edison. Edison, New Jersey.«

Während sie eine Tomatenpflanze an ein Bambusstäbchen band, tröstete sie der Gedanke, dass sie zumindest alle zusammen waren, auf dieser Reise durch die Fremdheit: Arkady, Bo, Stefan, Natalka.
Sie blickte auf die Radieschen, die Auberginen, auf die grünen Bohnen. Sie zupfte das Unkraut aus den Zwischenräumen. Vielleicht war die Ehe tatsächlich ein Fehler. Mann und Frau waren nicht fürs Zusammenleben gemacht. Ihre Rhythmen waren zu unterschiedlich. Hätte sie nur einen festen Standpunkt gehabt, hätte sie ihn entweder gehasst oder geliebt!
Sie waren durch so viele verschiedene Phasen gegangen. Gelegentlich fand Lastivka, sie waren einander so nahe wie zusammengefaltete Socken. Dann verhielten sie sich wieder so kalt und schlapp wie alte Mäntel, die im Kleiderschrank nebeneinander hingen. Sogar der Verkäufer im Supermarkt wusste mehr von ihr als Arkady.

Warum sollte sie ihm irgendetwas erzählen? Er besaß keine Zärtlichkeit. Arkady interessierte sich ausschließlich für Sex. Solange sie miteinander schliefen, war alles in Ordnung. Aber gerade in diesen Momenten spürte sie die grundlegende Unabhängigkeit ihres Körpers. Aber wenn sie fühlte, dass sie ihren Mund, ihre Brüste und alles andere für sich selbst behalten wollte, würde er wütend.

Sie hasste ihren Mann dafür, dass er sie gefangen hielt. Und von ihrer Mutter hatte sie die Eigenschaft geerbt, Ärger und Verstimmung nicht zu unterdrücken.

Sobald sie jedoch ernsthaft mit dem Gedanken spielte, ihn zu verlassen, kamen ihr die ersten gemeinsamen Tage und Wochen in den Sinn. Arkady war so süß gewesen, damals, als er ihr die Glühbirne geschenkt hatte. Und wie stark er ihr damals vorgekommen war! Der Befehlshaber des Lagers hatte keinen besseren Assistenten gehabt. Er wusste, wie man mit den Typen vom Schwarzmarkt umsprang. Und auch mit ihrer Mutter kam er gut zurecht. Natalka hatte ihr einmal gesagt, Gott habe Engel ausgesandt, um sie zu beschützen. Vielleicht war er einer dieser Engel? Auf dem Schiff hatte er ihr in einer kalten Nacht einen Kaschmirmantel besorgt, und dann holte er diesen Italiener aus Rumänien, der mit seiner Kodak-Brownie ein Foto von ihnen machte. Sechs Monate später kamen die Fotos in Pavlichkos Wohnung an. Und später folgten die Tage in New York – nicht so lange her –, als sie vor dem täglichen Weg zur Arbeit weinte. Die Stadt hatte ihr mehr Angst gemacht als der Krieg. Je harmloser ihr Leben wurde, desto mehr stieg ihre Ängstlichkeit. Vielleicht war das auf eine Verzögerungsreaktion zurückzuführen. Sie hatte gelesen, dass es eine Diagnose gab, die »frei schwebender Angstzustand« genannt wurde. Würde ihr Leben jemals so werden, wie sie es sich wünschte?

Sie wischte ihre Hände in den alten Schurz und erhob sich.

Ein Falke kreiste über ihrem Kopf. Kreiste über diesem zahmen Land.

Bei genauerer Betrachtung war es gar nicht zahm; unterhalb der Oberfläche der Dinge herrschte eine beängstigende Wildheit.

»Ich möchte sterben«, sagte sie zu ihrer Mutter.

»Das ist eine Sünde.«

»Vergib mir, mein Herr, aber es ist wahr!«

Wie einfühlsam Arkady gegenüber Bo gewesen war, in den Zeiten nach der Geburt. Natalka erinnerte er an Zenon, nachdem er erschossen worden war.

An einem späten Vormittag stand sie im Freien und der Zitronenduft der Wäsche stieg in ihre Nase, während Bo in der Sandkiste spielte.

Am Vortag hatte die Lokalzeitung eine Geschichte über einen Jungen gebracht, der vor einem Haus in Free Fall gespielt hatte, als ein Fremder vorbeikam und ihm ein Messer ins Herz steckte. Sie las Natalka den Artikel vor, nachdem Arkady zur Arbeit gefahren war. In wenigen Jahren würde Bo in die Schule kommen und wie sollte sie ihn dann beschützen? Die Insel des Eigenheims schien der einzig sichere Ort zu sein und selbst dort konnte sich die Außenwelt einschleichen, wie man den Abendzeitungen entnehmen konnte. Als ihr Cousin Edward Zaremba, der im ersten Stock lebte, ein großes altes TV-Gerät von Zenith heimbrachte, sah sie Orte von der Nähe, von deren Existenz sie nie gewusst hatte: Korea, Tibet, Rhodesien. Die Erde stand in Flammen – Castro in Kuba und überall Russen. Diese altbekannten Feuer, von denen sie angenommen hatte, sie wären zu Kriegsende erloschen, flackerten an anderen Orten der Welt wieder auf. Auch die sichersten Zufluchtsstätten waren in Wahrheit schutzlos und verwundbar.

Ihrer Meinung nach hatte Gott den Krieg gesandt, um den Europäern eine Lektion zu erteilen, doch niemand hatte daraus gelernt.

Bo war zwar erst fünf Jahre alt, aber auch er dachte manchmal an Gott. Gott war an den Sonntagen in der Kirche. Bo gefiel es, wenn der Mann in goldenem und weißem Gewand unverständliche Worte von sich gab. Besonders mochte er den kühlen Kirchenraum in den Abendstunden, wenn er nach Blättern roch und nach einem Rauch, der viel angenehmer war als der beißende Geruch von Onkel Stefans Pfeife. Die bunten Glasfenster waren jetzt dunkel und der Priester sprach zu den Leuten wie zu Freunden. Die flackernden Kerzen hatten Heiligenscheine. Bo fragte seine Mutter nach Gott und sie erklärte ihm, Gott würde ihn die ganze Zeit beobachten. Deshalb solle er jeden Morgen und jeden Abend beten.

»Mit wem sprichst du da?«, fragte Lastivka Bo, der in der Sandkiste hockte.

»Die Soldaten streiten miteinander. So wie du und Vater.«

Plötzlich fühlte Lastivka einen Blick auf sich gerichtet. War es ihr eigener Vater? Sie sah sich um. Nur der Hartriegel, der im Wind schwankte.

Dann drehte sie sich zum Nachbarhaus und erblickte Mrs. Kaiser, die unbeweglich im Küchenfenster saß. Was wollte diese Frau? Bienen summten über dem Löwenzahn, aber warum starrte die Frau sie so an? Man kriegte es direkt mit der Angst zu tun. »Komm jetzt, mein Sohn.« Lastivka nahm das Kind und flüchtete mit ihm ins Haus.

Bo zog sich das Grashüpferkostüm an, das er auf dem ukrainischen Kinderball getragen hatte. Lastivka legte eine Platte von Chopin auf den Blaupunkt. Sie sagte Bo, er solle seine Füße auf ihre stellen. Und dann tanzten sie.

Arkady war nicht abergläubisch. Er betete auch nicht zum heiligen Christophorus, wenn er etwas verloren hatte, wie Lastivka das tat. (Sie hatte noch andere fragwürdige Ideen. Zum Beispiel glaubte sie, einen Einfluss auf das Wetter zu haben. Wenn der Himmel sich verdunkelte, hockte sie sich mit düsterem Gesichtsausdruck in die Küche und flocht Paskas oder füllte *holubci*. Waren die Wolken vorbeigezogen, sagte sie ruhig: »Es hat ein ordentliches Gewitter gegeben. Aber das ist hier passiert, *in mir.* Ich habe den Donner verschluckt. Den Blitz, den Donner und den Wind.« Sie gestand Bo, dass sie sich zu jener Zeit, als sie seinen Vater getroffen hatte, den Bäumen sehr nahe gefühlt hatte. »Ich legte meine Hand an eine Pappel und sie bewegte sich unter meinen Fingern. Dann drückte ich meine Wange gegen ihre Rinde. Ich hörte ihr Herz klopfen.« Vielleicht lag es an all den Geistern, die sie aufgelesen hatte, als sie auf Friedhöfen herumsaß. Sie hatten sich durch die Sohlen in ihre Füße geschwindelt und in ihre Waden; sie klammerten sich an ihren Rock und bettelten um Aufmerksamkeit.) Arkady stritt sich nie mit Geistern und Gnomen, wenn er durch die Blätter unter den gewölbten Kastanienbäumen der Berry Street watete, so wie es seine Nachbarin tat, Edward Zarembas Frau Lilka, eine selbst ernannte weiße Hexe, die nebenbei als Krankenschwester arbeitete und von den Bewohnern von Free Fall aus irgendeinem dubiosen Grund *Sam* genannt wurde. Aber während Lilkas Bewusstsein mit zahlreichen merkwürdigen Vorstellungen bestückt war, die wie Zackenbarsche durch eine Welt von Goldfischen schwammen, flatterte durch Arkadys Gehirn eigentlich nur ein einziger seltsamer Vogel.

Eines Tages beschloss er, dass sie ein Ritual benötigten, um die Vergangenheit am Leben zu erhalten. Täglich nach dem Abendessen bestand er darauf, dass Lastivka sich an den gelb-blauen Flügel setzte (er hatte ihn in den Farben der ukrainischen Fahne gestrichen). Stefan und Natalka sanken auf die mit Plastik überzogenen Kissen auf dem Sofa. Bo räusperte sich und erkletterte den Aussichtsplatz auf dem blauen Tischchen. Nach ein paar einleitenden Akkorden sang Lastivka, mit einer Stimme, die ebenso leidenschaftlich war wie jene des Gitarristen in *Casablanca*, ihre Marseillaise: *Sche ne vmerla Ukraina ...*

Die Nationalhymne. Arkady beteiligte sich, ganz anders als Victor Laszlo, nicht am Gesang. Er stand neben dem Blaupunkt, den Kopf zurückgelehnt, sein Gesicht war unbewegt, abgesehen von dem Zahnstocher, der wie das Periskop der Inquisition von einem Eck seines Mundes zum anderen wanderte.

Am Ende kommentierte er: »Da hast du jetzt falsch gesungen, Nachtigall«, oder: *»Fortissimo*, Slava, *fortissimo!«* Und dann ging der Gesang in die nächste Runde. Irgendwann, meist bei der vierten Zugabe, blickte er auf seine Armbanduhr und weil er merkte, dass er schon spät zur Arbeit dran war, verließ er leise den Raum. Man hörte nur noch das Zuschlagen der Haustür hinter ihm. Stefan hatte schon nach dem zweiten Refrain zu singen aufgehört. Plötzlich stand er von der Couch auf und sagte, sich schwer auf seinen Spazierstock mit dem Delfingriff stützend: »Er ist kein schlechter Mann, Slava, aber das ...«, er machte eine Pause, um mit den Fingern ein Telegramm gegen seine Stirn zu schlagen, »das ist reines *kookoo-na-moonyu*.«

Am Freitagmorgen, nachdem die Familie vom gemeinsamen Einkauf zurückkam, stellten sie die Einkaufssäcke um den Esstisch. Lastivka zog die Einkäufe hervor, einen nach dem anderen, und gab die Preise bekannt: 49 Cent/M (nach einem ausgeklügelten System, M stand für Milchprodukte und so weiter). Feierlich untersuchte Arkady die verschnörkelten

Rechnungen und x-te die entsprechenden mattblauen Hieroglyphen mit seinem roten Kugelschreiber aus. Dieser Vorgang dauerte bis zum frühen Nachmittag. Wenn am Ende eine Zahlenreihe unabgehakt blieb, eilte er zu seinem schwarzen Chrysler und fuhr zum A&P zurück. Manchmal verwendete er Bo als lebenden Charakterbeweis. Während er mit dem schlaffäugigen Angestellten im Snuffy-Smith-T-Shirt um winzige Geldbeträge feilschte, ließ er den rot angelaufenen, verschämten Jungen als lebendiges Mahnmal vor sich stehen, so als würde dieses sagen: »Denkst du, dass ein Baum, der einen solchen Apfel hervorbringt, zur Lüge fähig ist?«

Bis Bo zwölf Jahre alt war, nährte sein Vater die verrückte Idee, dass sie eines Tages in die Ukraine einrücken würden, um das Land von seinen Unterdrückern zu befreien. Sie würden sich in ein Dorf nahe Rozdorizha zurückziehen und Gänse züchten. Solche Ideen entsprachen in etwa dem, was Stefan als *kookoo-na-moonyu* bezeichnete.

Wie würden sie die Unternehmung starten? Mit Waffengewalt, mit List, eine Bürgerwehr, die auf Träumen beruhte? Wenn man Arkady nach konkreten Plänen fragte, blieb er stumm. »Die Zeit wird es zeigen«, flüsterte er düster.

Bis dahin mussten sie sich in Form bringen. Bei Anbruch der Abenddämmerung erschien Arkady wie eine dunklere Sonne am Bett des Jungen, rüttelte mit seiner riesigen Hand an seiner Schulter. Der verschlafene Bo musste sich auf den Boden setzen und Sit-ups machen. »Warum denn, Vater?«, wimmerte er. Nach den Sit-ups kamen die Hampelmänner. Und dann noch die Liegestütze. Arkady hätte zu dieser Stunde natürlich Erbarmen mit seinem einzigen Kind haben können, aber er nahm sehr lange nicht Notiz davon, wer Bo wirklich war.

Mit den Jahren beschlichen Arkady Zweifel an seinen Befreiungsträumen. Je näher man darüber nachdachte, desto mehr schienen nationale Identitäten an Bedeutung zu verlieren. Waren Nationalstaaten denn nicht illusorische Begriffe? Manchmal wünschte er sich, er wäre als Jude, als Ire oder als Italiener geboren worden. Diese Völker genossen das Privileg, bemerkt zu werden. Bevor einen die Welt erblickte, das stand fest, benötigte sie das richtige Wort, um einen zu benennen. Er fürchtete, dass Amerika bald genug haben würde vom Gezeter kleiner Republiken, von denen jede lauter als die nächste *Es gibt mich!* schrie. Und was konnte man schon über ein Land sagen, das seine besten Tage vor 700 Jahren gesehen hatte?

Aber auch die früheren Einwanderer, die jetzigen »Natives«, hielten einige gemeinsame Erlebnisse und Gefühle für selbstverständlich. Jeder war von Bord der »Mayflower« gegangen. Es hatte, wie sie behaupteten, eine Generation zähen Ringens mit dem Engeldämon des Ackerbodens benötigt, bevor ihr Fleck Erde zuließ, dass sie ihn beanspruchten. Das Leben war voller Widersprüche. Konnte ein Mann denn frei bleiben – landlos, staatenlos – und einzig den Heiligen Geist verehren, wo immer sich der manifestierte? In der Realität war das kaum möglich. Die Seele blickte durch die Augen des Körpers und fühlte eben nur Zuneigung für bestimmte Bäume, bestimmte Menschen, bestimmte Horizonte. Es mochte ein paar Heilige geben, die sich von ihrer Herkunft lösten und sich auf die Verwandtschaft mit der universellen Sonne und dem gemeinsamen Himmel beriefen, aber war nicht sogar Christus in Galiläa geblieben? Er war ja auch nicht nach Rom ausgewandert, obwohl es dort durchaus ein breiter gefächertes Publikum gegeben hätte. Ukrainer zu sein, das war eine andere Bezeichnung für Einsamkeit.

Während die anderen Kinder Softball spielten, ins Kino gingen und ihre Hausaufgaben machten, beschäftigte sich Bo mit der Erforschung des Ukrainertums.

Freitagabends ging er zu den ukrainischen Pfadfinderjungen. Dort lernte er, Knoten zu legen, Habt-Acht zu stehen, Volkslieder zu singen und seinen Weg aus heimtückischen Wäldern zu finden. Samstags lernte er Grammatik, Geschichte, Literatur und Geologie der Ukraine, mit speziellem Schwerpunkt Rozdorizha.

Die anderen Kinder in der Schule sprachen über die Yankees oder *I Spy.* Bo hörte aufmerksam zu und wälzte Überlegungen, ob sich sein Vater jemals ein Fernsehgerät anschaffen würde. Er begann, Comics von *Spiderman* in die Wohnung zu schmuggeln, die er ganz unten in seiner Spielzeugschachtel verwahrte.

Pater »Smoking Joe« Brodin, ein Bergarbeitersohn aus Willowsburg, Pennsylvania, war auf dem besten Weg in die Major League, als ihn eine zerschmetterte Kniescheibe näher zu Gott brachte und ihn nach Elizabeth, New Jersey, sandte. Da er selbst rau und durchtrieben war, fiel es ihm leicht, rasch Kontakt mit den Gemeindemitgliedern zu schließen, deren geplagte Existenzen ihn an seine Eltern und die Kohleminen erinnerten.

Er liebte Zigarren. In einer Hemdtasche trug er einen Rosenkranz, in der anderen eine Panatella. Einmal spielten ihm die Ministranten einen Streich: Während einem Ostersegen griff er in seine Mitra, um seine Leute mit Weihwasser zu besprenkeln, aber statt dem Weihwassersprenkler zog er eine Zigarre aus seiner Tasche, mit der er in die Menge winkte. Er war gierig darauf, seinen Vorgesetzten alles recht zu machen, und seine Herde spekulierte bald damit, ihn an eine grünere Weide zu verlieren. Bis dahin lauschten sie andächtig seinen Predigten.

An einem Samstagabend saß er an seinem Tisch und blätterte in der abbröckelnden braunen Leinenbibel, die ihm seine Mutter zum Abschluss der sechsten Klasse geschenkt hatte.

Er war verdutzt über die Bibelstelle, auf die er seine Predigt aufbauen wollte. Es war Genesis 4 und er hatte gedacht, sie von vorne bis hinten zu kennen. Kain und Abel. Kain tötete Abel und wurde bestraft – viel mehr war da doch nie gewesen!

Pater Brodin litt an einer Eigenart: Er konnte sich nie richtig merken, welcher Bruder nun Kain und welcher Abel war. Die Namen blieben bei ihm einfach nicht haften. Außerdem fragte er sich, warum Gott Kains Angebot zurückwies? Der Pater erinnerte sich an das quälende philosophische Gerede im Seminar darüber, wie dieser Abschnitt den Wandel des Menschen vom Jäger und Sammler zum sesshaften Bauern exemplarisch darstellte. Aber das alles ergab keinen Sinn. Kain war doch der Bauer. Warum brachte Gott ihn also in eine solche Situation?

Und was bedeutete diese Passage? »Nicht wahr, wenn du recht tust, darfst du aufblicken; wenn du nicht recht tust, lauert an der Tür die Sünde als Dämon. Auf dich hat er es abgesehen, / doch du werde Herr über ihn!«

Worauf wollte Gott mit diesen Worten hinaus? Legte er nicht nahe, dass der Mächtige auch das Recht hatte, sich alles zu nehmen, was er wollte?

Der Pater zündete sich eine Zigarre an.

Als Mrs. Sigalsky fragte, ob er noch einen Tee wollte, bevor er ging, war er nahe dran, sie einzuladen, das Problem mit ihm zu diskutieren. Aber er hatte nicht die Angewohnheit, seine Schwächen zu offenbaren. Er saß lange wach, alleine, starrte in das Buch auf seinem Tisch, dachte über Mrs. Pavlichkos Asthma nach, über den Kirchenchor und über den Piroggen-Verkauf. Dann ging er zum Fernseher, drehte ihn an und setzte sich.

»Mitbrüder und Mitschwestern, ihr erinnert euch doch an *Jenseits von Eden*, wo James Dean Jason Robards fragte: ›Bin ich der Hüter meines Bruders?‹ Ihr erkennt vermutlich die Worte aus der Bibelstelle wieder.«

»Auch der Sänger Burl Ives zitiert die Genesis: ›Dann ging Kain vom Herrn weg und ließ sich im Land Nod nieder, östlich von Eden.‹ Dann sagt er Dean, er solle die Stadt verlassen.«

»Es klingt recht einfach. Aber wenn wir uns den Abschnitt näher ansehen, Brüder und Schwestern, wenn wir innehalten und über ihn nachdenken, dann kommen wir zu dem Schluss, dass seine Bedeutung nicht im Geringsten auf der Hand liegt. Ja, sie ist sogar ziemlich kompliziert.«

Er blickte kurz in das Gestühl. Es platzte aus allen Nähten. Sonderbare Hüte saßen da neben billigen Kleidern und abgetragenen grauen Anzügen. Das waren seine Leute. Der Zweite Weltkrieg hatte ihm hunderte und tausende von Emigranten beschert. Und die brachten neues Leben in die Kirche, denn eines war sicher, aus dem Leid entstand Glauben.

»Wenn ihr euch hinsetzt und das Kapitel durchlest, seid ihr vielleicht ebenso verwirrt wie ich gestern Abend, als ich es wieder einmal las.«

»Kain beklagt sich bei Gott, dass seine Strafe zu hoch sei. ›Siehe‹, sagt er, ›Du hast mich heute vom Ackerland verjagt und ich muss mich vor Deinem Angesicht verbergen; rastlos und ruhelos werde ich auf der Erde sein und wer mich findet, wird mich erschlagen.‹ Und Gott in Seiner unendlichen

Gnade versah ihn mit dem Kainsmal, damit die anderen Menschen begriffen, dass man nicht so tun durfte wie er tat. Er sprach zu Kain: ›Darum soll jeder, der Kain erschlägt, siebenfacher Rache verfallen.‹ Gott macht Kain zu einem Negativbeispiel.«

»Das ist eine furchtbare Strafe. Stellt euch vor, euch würde die Welt als den in Erinnerung behalten, der seinen eigenen Bruder ermordet hat. Stellt euch vor, wie es für euch wäre, wenn ihr so wie dieser Mann als lebendiges Beispiel dafür durch das Leben gehen würdet, wie man nicht sein darf. Jeder Fremde, der euch sieht, denkt bei sich: So wie der möchte ich niemals sein.«

»Niemand von uns, Brüder und Schwestern, lebt als Insel. Wann immer wir in Versuchung kommen zu denken, wir wären eine, schrumpfen unsere Seelen.«

»Natürlich ist die Bibel ein hartes Buch. Es ist ein Buch, das man wieder und wieder lesen muss. Erinnert euch, Kain verschwindet nicht einfach. Er heiratet und hat Kinder. Sie alle leben hunderte von Jahren. Zum Beispiel ist Methusalem, der sogar 869 wird, also noch 39 Jahre älter als Adam, ein Abkomme von Kain.«

»Was bedeutet das also? Dass es sich auszahlt, den eigenen Bruder zu töten? Dass Gott einen mit einer netten Frau und einer Menge Enkelkinder belohnt? Manchmal könnte man das fast denken.«

»Viele von euch sind von den Kommunisten aus ihren Gärten vertrieben worden. Macht euch das zu einem Kain? Keineswegs. In unseren Herzen wissen wir alle, dass ihr nicht wie Kain seid.«

»Ihr glaubt, ihr habt alles verloren. Ihr seht euch als die Verlierer eines Handels. Ihr habt eure Familien verloren, eure Häuser, eure Besitztümer, euer Land. Aber glaubt mir eines. In Wirklichkeit sind die Kommunisten die Verlierer. Sie sind die, die Gott aus Seinen Gärten vertrieben hat. Und sie sind jene, die das Kainsmal tragen.«

»Na und?, werdet ihr jetzt fragen. Haben sie nicht unsere Länder gestohlen und unsere Väter und Mütter getötet?«

»Wie auch immer, meine guten Leute, die Kommunisten sind die mit dem Kainsmal auf der Stirn. Und das heißt schon sehr viel. Denn es ist noch immer besser, getötet zu werden, als ein Mörder zu sein.«

»Noch ein letzter Punkt. Es war Abels Angebot, das Gott annahm. Und es war Abel, der von Kain getötet wurde. Und es war Gott, zu dem Abel gegangen ist. Hier, meine Leute, ist die merkwürdige Schlussfolgerung, zu der mich all das führt. In unseren Herzen wissen wir, dass die Belohnungen, die die Welt für uns bereithält, nichts wert sind. Das Schlimmste, was wir tun können, ist ein Leben in Disharmonie mit dem Wort Gottes zu führen. Was, wenn sogar der Tod, wenn er zu Recht erfolgt, für eine gerechte Sache, ein Segen ist?«

»Im Namen des Vaters und des Sohnes und des Heiligen Geistes. Amen.«

Nach der Messe beschloss Arkady, Lastivka den Ort zu zeigen, an dem er arbeitete. Schon seit Jahren wollte er jemanden aus der Familie zur SeaLand Plant mitnehmen. Aber niemand ging freiwillig mit. Niemand interessierte sich für sein Leben. Solange er jeden Donnerstag mit seinem Lohnscheck heimkam, war alles in Ordnung. Keiner wollte wissen, wie dieses Geld verdient worden war. Deshalb war es ihm jetzt ein Bedürfnis, seiner Frau den Ort zu zeigen, wo er so viele Stunden verbrachte.

Als sie am *Hollywood Delicatessen* vorbeifuhren, sagte Lastivka: »Ich wusste gar nicht, dass wir so nahe von Hollywood sind.«

Arkady lachte. »Dort«, er deutete auf das massive graue Gebäude mit dem Markenzeichen der Firma, einer roten Neonrobbe, die mit einem leuchtenden grauen »&« verflochten war.
»Unglaublich ... eindrucksvoll. Es ist so groß«, sagte Stefan und versetzte Lastivka einen leichten Stoß in die Rippen.
Arkady starrte seine Frau an.
»Ich finde es grässlich«, sagte sie.
Der Zahnstocher löste sich aus dem Mundwinkel. Arkady erhöhte die Geschwindigkeit.
»Würde ich nicht sagen«, sagte Stefan.
»Nein, mein Lieber, überhaupt nicht«, fügte Natalka hinzu. »Und schau, dieser nette Parkplatz. Ja was ist denn das auf der anderen Straßenseite? Zelte?«
»Eine Siedlung von Landstreichern.«
»Was für Menschen sind das?«
»Solche, denen es reicht.«

Als Arkady einmal zu früh in die Arbeit gekommen wäre, hatte er das Auto geparkt, die Straße überquert und war in die Barackenstadt spaziert.
Lokale Fabriken nutzten diesen Ort als Müllkippe. Er spazierte an Ölfässern vorbei, an verstümmelten Supermarktwagen, an Haufen von altem Gewand. Da war ein Hügel aus Handschuhen, ein anderer aus Reifen, einer aus Schuhen. Ein größeres Ding sah wie ein Haus aus, mit einer Kapuze als Dach. Eine Katze lag zusammengerollt auf einem dreibeinigen Stuhl. Die Luft war gesättigt mit dem bernsteinfarbenen Licht der Trostlosigkeit. Eine Schlinge zog sich um seinen Hals zusammen. Warum sollte irgendjemand seine Heimat verlassen wollen, um hier zu leben? Männer kauerten um ein Feuer; sie schienen ihn nicht zu sehen.
Er betrachtete die Gesichter der Menschen. Die Armut hatte

sie ebenso geprägt wie das Wetter. Im Licht des Feuers wirkte ihre Haut braun. Sie erinnerten ihn an Menschen, die ihm nach dem Krieg im Arbeitslager in Deutschland über den Weg gelaufen waren. Not und Sorge verdichteten sich bis in die Knochen.
Ein Mann mit einer Yankee-Kappe warf ihm einen Blick zu. Arkady versuchte zu lächeln, aber der Mann schaute weg. Ein anderer, der aus einer Thermoskanne trank, stand auf und starrte Arkady an.
Fünfzig Fuß weiter donnerten LKWs die Route 1 hinunter.

»Wie meinst du das, dass es *ihnen reicht?*«, fragte Lastivka.
»Kopfschmerzen, Probleme. Sie haben einfach genug von alldem.«
»Was glauben sie denn? Dass das Leben ein Spaß ist? Du solltest nicht so vor Bo reden.«
»Er soll es sehen.«
Für Bo sah die Fabrik wie ein Schloss aus. Sicherlich gab es hier auch Drachen.
»Schau, ein Coca-Cola-Lastwagen«, rief Bo. Der Junge begann zu schreien: »Schau doch, ein Coca-Cola-…«
»Halt den Mund«, rief Arkady.
Er fuhr von der Autobahn ab und nahm den längeren Weg nach Hause. Sie durchquerten den Park. An glücklicheren Tagen hatte die Familie unter den Weiden am See ihre Picknicks veranstaltet.
Arkadys Job wurde von nun an als Familiengeheimnis behandelt. Lastivka sprach nicht darüber. Es war ein hässlicher Job und Hässlichkeit hatte in ihrem Zuhause keinen Platz.

Um vier Uhr fuhr Arkady zur Fabrik zurück, wo er seinen Sonntagsanzug gegen einen blauen Overall tauschte.
Den ganzen Abend (manchmal die ganze Nacht) ging er zwi-

schen den gestapelten Kisten umher, durch das monströse Lagerhaus, das von lang gezogenen Röhren beleuchtet wurde, die wie wütende Zikaden zirpten. Nachdem die anderen gegangen waren, sang er. Ukrainische Volkslieder über dunkle Mädchen, magische Berge, sprechende Kraniche. Seine Worte hallten durch das Warenhaus, wurden von den Kisten zurückgeschleudert, die kürzlich aus Italien, Portugal und Japan gekommen waren. Der Gesang schlüpfte in Kisten mit Lederhandschuhen aus Florenz und nistete sich in Keramiktransporte aus Spanien ein.
Er mochte die Arbeit des Zusammenkehrens am liebsten. Sein Lieblingsbesen hatte einen breiten Kopf. Er nahm ihn in die rechte Hand, richtete ihn parallel zum Untergrund aus, legte ihn behutsam auf den Boden, fasste seinen Griff mit beiden Händen, ließ das Ende des Stiels unter seinem Arm hervorragen und begann die Kehrarbeit. Das Geräusch der Borsten auf den Kacheln tröstete ihn. Er fuhr mit dem Taschentuch über seine Stirn. Das war eine der elementarsten Arbeiten. Es ähnelte dem Atmen. Über wie viele Böden war er in seinem Leben gegangen? Über zahllose. In der Scheune seines Vaters lag er auf dem Boden und schlief mit Melodia. Er hatte sie vergessen. Ihre weichen Brüste. Und der Boden des Ruderboots, auf dem er mit Lastivka gelegen war. Vor langer Zeit, als sie noch miteinander schliefen. Was war aus Rakovsky, dem Klavierlehrer, geworden? Menschen veränderten sich. Das war seltsam. Er schien sich als Einziger gar nicht verändert zu haben. Er erkannte sich immer noch. Er war der gleiche Mann, der er auf der Farm gewesen war und später in den Lagern. Vielleicht war er etwas zu streng mit Bo, aber einem Jungen musste man irgendwie klar machen, wie es auf der Welt zuging. Er wünschte sich, mehr Zeit für ihn zu haben, aber ihm blieb einfach nicht genug Zeit für die Dinge außerhalb der Arbeit. Das war das

Wichtigste, was er seinem Sohn vermitteln musste. Ein armer Mann arbeitet ununterbrochen. Er trällerte ein paar Takte von *Turandot*. Mitternacht näherte sich. Wie viel Zeit Menschen alleine verbrachten. Erstaunlich. Niemand kannte ihn.
Das Gebäude verwandelte sich. Die Wände seufzten, die dunklen Fenster starrten ihn mit schmalen Augen an. Wer war er? Welche Sprache sprach er? Wo war sein Reisepass? Konnte er Englisch? Der Treueschwur. Letzten Monat waren sie zum Rathaus in Elizabeth gefahren, um ihren Staatsbürgerschaftseid abzulegen. Sie kehrten mit kleinen Fähnchen auf schwarzen Plastiksockeln zurück. Arkady schenkte allen ein Glas hausgemachten Tokai ein. Aber ihre Laune war dahin, die Stimmung war düster. Er drehte den Blaupunkt auf Kurzwelle. Den Rest des Abends saßen sie da und lauschten den Sendungen von *Radio Free Europe*. Sie begannen den Verdacht zu hegen, dass sie nie mehr heimfahren würden.

Folgendes Gerücht verbreitete sich: Die Vorogs besäßen einen leeren Raum in ihrem Dachgeschoss.
Lastivkas Cousins, Blind Peter und Teta Vera, weihten ihn ein. Sie fuhren vor dem Haus mit einem gebrauchten, aber glänzend roten Buick vor, in dem sie schon drei Monate wohnten.
Falls Lastivka und Arkady keinen Schlafplatz für sie hätten, meinte Vera, mache das nichts aus, sie schliefen im Auto ebenso gut. Was sie dringend benötigten, das sei ein sicherer Parkplatz. New York war so gefährlich. Sie deutete auf die fehlenden Radkappen.
»Sie waren aus Silber.«
»Aus Chrom«, grunzte Blind Peter.

»Wann hast du denn den Führerschein gemacht, Vera?«
»Führerschein?«
Sie bestätigten mehrmals, nur eine einzige Woche bleiben zu wollen. Schließlich blieben sie den ganzen Winter über bis zu einem kalten Morgen im Spätfebruar, an dem Vera bitter anmerkte, sie würden sich jetzt nach Florida begeben, denn dort schneite es nie. Es klang, als sei der Schneefall auf Arkadys Unvermögen zurückzuführen. Von nun an kamen die beiden jedes Jahr zu Ostern und zu Weihnachten.
Blind Peter und Vera waren in der gleichen Provinzstadt im südöstlichen Teil der Ukraine aufgewachsen und hatten dort gemeinsam als Drucker gearbeitet. Blind Peter, der einst Adleraugen gehabt hatte, zog während der Revolution das große Los. Er ging als Volksvertreter nach Moskau. Da er mit seinen Händen arbeitete, hielt er sich für einen bedeutenden Dichter. Die Schergen des Kapitals, die Zwischenhändler, trugen seiner Meinung nach absolut nichts zur Vervollkommnung der Erde bei. Sie waren wie Efeu vor den Fenstern, der das Licht abhielt. Die Revolution hielt er keineswegs für einen grausamen Vorgang. Der Niedergang der Kapitalisten erschien ihm so natürlich wie das Zusammenstutzen des Efeus in jenem Moment, als das Haus in die Hände von Menschen geriet. Die Reichen mussten beraubt werden, weil sie das Leiden um sie herum gar nicht wahrnahmen. Sie bestanden einzig und allein aus Fressgier. Blind Peter beklagte, dass unsinniger Nationalismus die Solidarität zwischen den Klassengenossen vergiftete. Erst später, als einige Millionen Bauern zu hungern begannen, erfasste ihn eine Wut auf Stalin.
Veras Zuneigung zu Peter war uneingeschränkt. Sie teilte sein Bett, seine Arbeit, seine Meinungen. Sie wollte sogar Teil seiner Blindheit sein.
Eines Nachts spazierte Bo in seinem Grashüpferkostüm in

das dunkle Wohnzimmer. Als er die Lichter andrehte, sah er Blind Peter und Teta Vera am Sofa sitzen. Sie hielten Händchen.
»Warum dreht ihr kein Licht an?«, fragte er Vera.
»Ich will mitkriegen, wie es ist, er zu sein«, erklärte sie.

Andere Besucher folgten.
Kaum hatte man den freien Raum im Dachgeschoss gelüftet, das Bettzeug gewechselt, den kreisrunden Abdruck wegpoliert, der vom Wasserglas herrührte, in dem der letzte Gast seine Zähne eingeweicht hatte, und die diversen Essensreste – Mais, Äpfel und Pflaumenkerne in Taschentüchern – in den Komposteimer geworfen, klingelte die Türglocke erneut.
Die Besucher schmiedeten Pläne, aßen Arkadys Essen und tranken seinen Whiskey. Arkady und Lastivka füllten ihre Gläser nach und verbrachten ihre Freizeit mit Fahrten vom Haus zum A&P und zurück.
Bei schönem Wetter versammelten sie sich um den Maulbeerbaum im Hinterhof. Adriana Benko sang, Pavlo Horak begleitete sie auf dem Akkordeon. Die wortkarge Natalka saß auf einem Gartensessel und dachte an den Akkordeonspieler, der sie vor vielen Jahrhunderten die Tasten seines Instruments berühren hatte lassen.
Die Bäume lauschten dem Emigrantentratsch.
»Sie haben Hawrylyuk freigelassen, habt ihr schon gehört? Genau, der Historiker, der Dissident. Er ist in Frankreich. Nicht weit von Paris. Halb verrückt soll er geworden sein. Vielleicht haben sie ihn deshalb gehen lassen. Er scheint eine Armee aufzustellen. Gagarin und Shepard machten eine Meinungsumfrage unter den Sternen und unser Mann verteilt Schweizer Armeemesser und Spielzeugpistolen unter den Jungen und lässt sie durch den Bois de Boulogne spa-

zieren. Es heißt, er verbringt jeden Morgen drei Stunden lang im Kopfstand. Das fordert seinen Tribut.«
Bo kletterte auf den Maulbeerbaum. Er war auf der Suche nach der Staffelei, auf der die Welt ruhte. Jemand hatte ihm erzählt, es würde eine solche geben. Er kletterte höher und höher. Er fühlte, wie die Sonne ihn wärmte. Sie umarmte ihn wie einen Freund.
Über die Blumen gebeugt, konnte Arkady seinen Spaten nicht herausziehen. Er drückte sein ganzes Gewicht auf den Haltegriff, was dazu führte, dass die Wurzeln abrissen. Der Spaten löste sich. Arkady schlug mit dem Metallkranz gegen den hölzernen Korb, um die Erde abzuschütteln.
Er stand auf, streckte seine Arme, die noch immer schwer und muskelbepackt waren, und kratzte sich seufzend am Kinn. In der Arbeit war es noch schlimmer als hier. Schuld daran war dieser verfluchte Kopf.
Er blickte auf die Garage. Sie war ziemlich baufällig. Er konnte sich keine Reparatur leisten. Immer das verfluchte Geld. Er blickte auf seine Gäste. Wussten die, wie billig dieser Whiskey war? Um das alles zu bezahlen, arbeitete er sieben Tage die Woche. Und alles war zweitklassig. Alles war nicht ganz wirklich. Für die Wirklichkeit zahlte man Geld. Nur das Wirkliche war dauerhaft.
Niemand kannte die Tiefe seiner Besessenheit. Einige Bekannte meinten, er würde sich dem amerikanischen Materialismus unterwerfen. Aber Arkady wusste, dass die Arbeitsbedingungen überall dieselben waren. In Indien, Südafrika, Australien, in der Sowjetunion. Überall musste man sich Sorgen um seine Existenz machen. Auch wenn sie nicht immer an die Oberfläche kam, die Besorgnis war so konkret wie Wurzeln. Sie verband einen Mann mit der Erde. Geld hatte seine eigenen Gesetzmäßigkeiten. Und die waren unveränderlich, eindeutig, wie alles in der Natur. Die Gesetze

des Geldes wurden so strikt befolgt wie Gottes Gebote niemals.

Aber was wusste er schon von den Reichen, die in einer so anderen moralischen Atmosphäre lebten, dass man ebenso gut hätte sagen können, sie stammten von einem anderen Planeten. In Gesprächen brandmarkte Arkady die Rockefellers und Rothschilds als Parasiten und Vampire: War nicht der Draculamythos eine Metapher für die gnadenlose Art, mit der Grundherren das Blut aus den Bauern sogen? Waren die Banker nicht die Zwanzigste-Jahrhundert-Variante von Untoten? Dennoch hatte er Respekt vor ihnen. Er wünschte sich, selbst reisen zu können, in den Meeren von Hawaii zu schwimmen, in das weiche Leder einer rubinroten Limousine zu sinken, massenhaft Mädchen zu kennen und dazu alle Kontinente. Er listete die Dinge auf, die er selbst nie besitzen würde: einen elektrischen Liegesitz, eine gute Stereoanlage, viel Freizeit. Allein schon die Aufzählung dieser Begriffe erfreute ihn. Er ging den Bestand durch. Seine vorausblickende Seele schwelgte in Vergnügungen, die sein Körper nie kennen lernen würde – und doch war die Seele genügsam, sie führte eine eigene Existenz, wie Arkady wusste, sie erfreute sich an sich selbst. Lastivka hatte mehr religiöses Verständnis als er: In ihren Augen waren die Menschen wirklich gleich. Aber sie arbeitete nie. Sie genoss die Freiheit, die saubere Luft aus Poesie und Träumen zu atmen. Sie hatte nie erwachsen werden müssen. Er wusste, dass sogar in der Kirche Gebete mit Dankopfern verbunden waren. Was die Poesie betraf, so war das das Blatt, die Blume, die vollkommen auf den Stamm angewiesen war.

Er sah zu Bo auf und rief: »Vorsicht!« Seinen Kopf schüttelnd drehte er sich zur Azalee zurück, deren Wurzeln in Juteleinen gewickelt waren.

Eine Gruppe von Freunden und Verwandten saß eines Nachmittags im Wohnzimmer der Vorogs. Zu dieser Gruppe gehörten die Zwillinge George und Pavlo.
»Da kann man nur eines machen«, sagte Onkel George und zog an seinem indischen Stirnband, das er im Ein-Dollar-Laden gekauft hatte. »Warum zieht ihr euch eigentlich noch immer wie Europäer an?«, sagte er zu Arkady. »Es wäre Zeit, sich ein bisschen zu assimilieren.«
»Was ist das jetzt?«, fragte Pavlo, sein Zwilling.
»Wir müssen Arkady dazu bringen, dass er als Bürgermeister kandidiert.«
»Worüber redet ihr?«, fragte Pavlo noch einmal.
»In der Tschechoslowakei habe ich eine Katze gegessen«, meinte George.
»In Tirol nennt man sie Dachhasen.«
»Da waren Würmer in meiner Suppe.«
»Die Amerikaner essen ununterbrochen in Restaurants.«
»Es gibt keine andere Möglichkeit. Sonst werden wir unser Ziel niemals erreichen«, sagte George.
»Politische Macht, darum geht es. Aber können wir gewinnen?«
Pavlo arbeitete in einem Imbiss in Newark. George war arbeitslos. Er machte die Neger dafür verantwortlich.
»Wir müssen die Wahlurne in die Hand bekommen!«
»Genau, richtig. Wir sind eine alte Kultur. Wir müssen ihnen zeigen, wie man leben soll.«
»Neulich las ich Madame Vovkoolaka. Sie meinte, du musst jeden Abend zwei Stunden meditieren ...«
»Mädchen lieben mich. Sie kommen immer zu mir ...«
Bo wandte sich von einem zum anderen. Sie sprachen alle mit diesem Nachdruck.
Arkady kam herein. »Oh, eine Tagung der Zabobons ... Wollt ihr fünfzig Cent auftreiben? Ich bin mit null dabei.«

Zu Lastivka sagte er: »Diese Hemden sind auf der Stiege gelegen.«
»Die müssen mir runtergefallen sein.«
»Bist du wieder vor Mrs. Kaiser davongerannt?«
»Wir glauben, die Alte ist ein Spion«, sagte George.
»Arkady, wir glauben nämlich, du solltest als Bürgermeister kandidieren.«
Arkady starrte den Mann in mittlerem Alter mit dem indischen Stirnband an. »Lass mich mit solchen Plänen in Ruhe, du Idiot.«
»Mensche brutalne.«
»Frau!«
»*Du* bist eine.«
»Ich sags zu dir.«
»Du sagst es zu mir?«
»Du schaffst nicht einmal die Wäsche!«
»Oh, Vater ...«, weinte Lastivka, die über die Schulter ihres Ehemannes auf Zenon blickte, der dort stand, lächelnd, die Hände hinter seinem Rücken verschränkt.
»Vater? Der ist zwanzig Jahre lang tot. Weißt du nicht mehr? Er starb, weil er noch eine Nacht mit seiner Hure brauchte. Das scheint ein Muster in dieser Familie zu sein. Niemand arbeitet. Diese Herrinnen. Die oberen Klassen. Die Intelligenzija!«
Natalka schnarchte in ihrem Sessel, träumte von Toor.
Jetzt begann auch Bo zu weinen.
»Schau doch, du machst ihm Angst!«, rief Lastivka.
»Hör auf zu weinen, du Idiot!«
Es begann zu regnen.
»Gut, dass du die Wäsche hereingebracht hast«, sagte George.
Regen und Donner.
»Wir könnten Radio hören«, sagte jemand aus der Menge.

Arkady schaltete den Blaupunkt ein.
»Der Präsident warnt ... einzumarschieren ... und Repressalien.«
»Was ist eigentlich mit den Schlafzimmerfenstern?«, sagte Arkady und verließ den Raum.
Stefan sah Bo an. »Was bringen die euch in der Schule bei?«
»Wir haben *On Top of Old Smoky* gesungen«, antwortete der Junge schniefend.
»Was ist denn das?« George war begeistert bei der Aussicht auf mehr *Americana*.
»Ja, sing es uns vor!«
»Habt ihr die Algebra schon durchgenommen?«
»Ich bin noch in der ersten Klasse.«
»Amerikaner! Die verplempern die Zeit mit Smokings, bevor sie mit der Mathematik beginnen. Dabei ist auch noch danach genügend Zeit für Smokings!«
»Beide Fenster waren offen!«, klagte Arkady, der wieder zurückkam.
»Und Geografie? Was ist die Hauptstadt von China?« Bo wusste es nicht. »Peking, Junge, Peking. Jeder sollte das wissen. Eines Tages werden die Chinesen die Welt regieren. Dann wird sich niemand mehr an Washington erinnern.«
»Lasst uns doch wirklich singen!«, schlug Lastivka vor.
»Smoking, ich möchte dieses Smoking hören!«
Sie starrten eifrig auf Bo. »Na gut«, sagte er mürrisch.
Binnen weniger Minuten saß die gesamte Familie, außer Arkady, der sich für die Arbeit bereitmachte, im Wohnzimmer und sang »On Top of Old Smoky«.

»Einer der Nigger kann ja fegen«, sagte Kopf, der Vorarbeiter, zu Arkady. »Ich möchte dich im Wächterhaus. Stan ist krank, er wird ein paar Tage fort sein.«

Warum bot er ihm das an? Das Wächterhaus war ein Traumjob. Und bisher hatte Kopf ihn immer verabscheut. Klar, er würde nur Ersatzmann spielen. Aber was steckte hinter diesem Angebot?

Am nächsten Tag saß er in der Kabine und betrachtete die Sonne, wie sie über die Flughafenpiste auf der gegenüberliegenden Straßenseite herunterrollte. Das *Journal* lag auf dem Tisch.

»Sieht aus, als würde Stan eine Weile nicht kommen. Vielleicht kommt er nie mehr.«

Arkady hatte gehört, es sei Krebs.

Kopf sah nach unten zu den neuen Terminals. Bald würde hier einer der belebtesten Flughäfen der Welt stehen. »Noch was ganz unter uns«, sagte er (seit wann waren sie so intim?, fragte sich Arkady), »ich glaube, er hat Krebs.«

Ein neuer Parkplatz war nun über der Halde errichtet worden, wo einst die Landstreicher geschlafen hatten.

»Gefällt es dir hier?«

»Es ist okay.« Ihm gefiel es, einmal Pause mit dem Fegen machen zu können. Er las gerne und hörte Opern auf dem Kassettenrekorder.

»Da ist noch was, was du für mich tun kannst«, sagte Kopf und senkte seine ohnehin leise und konspirative Stimme.

Arkady versuchte, die Inschrift der Flasche zu entziffern, die auf Kopfs Unterarm tätowiert war.

»Ein Lastwagen kommt um drei Uhr; du öffnest das Tor. Mehr nicht.«

Arkady zuckte mit den Achseln. Kopf schlotterte.

»Es ist kalt hier. Ich geh rein.«

Um fünf nach drei hielt ein Zwölftonner ohne Nummernschild vor dem Wachhaus und Arkady, der im Dampf des Novembers schwitzte, ließ ihn ein und schloss das Tor hinter ihm.

Der Mond starrte über den Flughafen.
Er machte Doppelschichten und wenn er dann heimkam, war Bo längst in der Schule.
Lastivka weckte ihn um drei Uhr nachmittags. Sie brachte ihm Kaffee in der Thermoskanne und ein Wurst-Sandwich.
An diesem Abend kam Kopf wieder vorbei. Seine dünnen Lippen verzogen sich zu einem Lächeln.
»Am Montag kommt noch so ein Laster. Es kann länger dauern, aber mach dir keine Sorgen.«
Arkady sagte nichts.
Kopf ging ein paar Schritte weiter, aber dann drehte er sich noch einmal um.
»Ich habe was vergessen«, sagte er, zog langsam ein Kuvert aus seiner hinteren Hosentasche und legte es auf den Tisch.
Arkady drehte das Radio auf WQXR. Sie brachten eine Sendung über Jussie Björling, den schwedischen Tenor.
Aber etwas an der Musik beunruhigte ihn. Wie konnte man auf diese Art über Liebe singen? Niemand liebte. Pamina war eine Lügnerin, Tamino eine Nutte. Alle logen. Hatte nicht der Krieg ihm das beigebracht?
Er drehte das Radio ab, betrachtete, wie sich seine Atemschwaden aufblähten und wieder auflösten. Weihnachten, Jahreszeit der Vorwürfe. Er öffnete eine Schublade, nahm ein Exemplar der *Rogue* heraus, blätterte die Seiten durch, die Mädchen mit ihren Silikonbrüsten und dem Kirschgummilächeln. Er ließ das Heftchen fallen und starrte auf den Parkplatz und den Flughafen dahinter. Einen Zahnstocher rollte er vom Rücken seines Mittelfingers in seine rechte Hand und schnippte ihn weg. Er hatte nie ein Flugzeug bestiegen. Ob er Angst hätte? Vielleicht, er wurde alt. Lange war er schon nicht mehr der Löwe, der Stefan mit seiner Kraft beeindruckt hatte und Lastivka mit seiner Weisheit.

Kopf machte ihm keine Angst; Kopf war nichts.

Er nahm das *Journal*.

Beschissener Kopf. Beschissene Deutsche. Die Deutschen hassten die Ukrainer. Wenn Hitler die Ukrainer fair behandelt hätte, hätte er den Krieg gewinnen können.

Er konnte sich nicht konzentrieren, er tastete nach dem Umschlag. Er war leicht. Was war drin? Wie viel?

Zwei Hundert-Dollar-Noten.

Unglaublich.

Er hatte gedacht, es würden zwanzig sein, vielleicht fünfzig. Das Gehalt einer Woche.

Er schob sein blaues Käppchen zurück.

Was er alles mit diesem Geld machen könnte. Während des Krieges hatte jeder Bestechungsgeld angenommen. Er selbst hatte Salversan an Russen mit Syphilis verkauft, damit er sich Fleisch am Schwarzmarkt leisten konnte. Wer kümmerte sich darum? Der einzige Unterschied zwischen damals und jetzt war der Krieg, der einem Ausreden ermöglicht hatte, aber das Leben war das Leben. Gott verstand Hunger und Not. Gott wusste, wer schuld war.

Warum fühlte er sich so unglücklich?

»Hey, kid!«

Billy Whelan, Smiling Billy. Letztes Jahr hatte er einen Herzanfall gehabt. Nach einigen Monaten kam er zurück zur Arbeit und sah genauso aus wie vorher. Beim Begräbnis von Oscar Landish hatte Arkady Billys Frau getroffen. Grobe Knochen, weißblonde Mähne. Er verstand Billys schnelle Art zu sprechen nicht, seine dauernden Scherze, seine beständige gute Laune. Der Mann benahm sich, als ob alles auf der Welt in Ordnung wäre, so wie es war. Wenn jemand mit dem Gabelstapler Probleme hatte oder einfach nur eine Pause machen wollte – Billy sprang ein. Obwohl er fast sechzig war, arbeitete er sieben Tag in der Woche, wie Arkady.

»Möchtest du was aus der Cafeteria?«, strahlte Billy. »Ich hab in einer Stunde Feierabend. Zwei Wochen Ferien.«
»Und, was machst du?«
»Florida. Am Strand sitzen, Screwdriver trinken. Ein Boot ausleihen, ausgehen, weißt du, ich lass es mir einfach gut gehen, vielleicht komme ich mit einem Marlin zurück.«
Arkady lächelte. Doch auch gegenüber Billy blieb er auf Distanz.
Als er wieder alleine war, schielte er in den Umschlag. Die zwei Geldscheine sahen unwirklich aus. Mit solchen Zuwendungen konnte er Bo auf die katholische Schule schicken, konnte die Raten für das Auto abzahlen und die für das Haus.
Die ganze Woche über litt er unter Schlaflosigkeit. Er hörte Stefan zu, der über ihm hin und her stapfte – der Alte schlief ebenfalls schlecht. Er lauschte den Geräuschen der Flugzeuge, die über Free Fall schnurrten, und er überlegte, wie es sich anfühlen mochte, aus einem von ihnen per Fallschirm abzuspringen. Vielleicht würde er auf einer Insel landen, in einem Fluss treiben, niemand würde ihn bemerken. Es wäre wunderbar, neu zu beginnen. Er erhob sich und ging ins Badezimmer. Beim Pinkeln starrte er stupid aus dem Fenster – der Flieder über der Garage schlotterte im Wind. Zurück im Bett plagten ihn die Geräusche des Maulbeerbaums, dessen Äste ans Fenster klopften, und er hörte die Stimme Lastivkas, die im Nebenraum mit sich selbst sprach, zum Brummen des neuen – und teuren – Ölofens.
Freitagabend war er in seiner Hütte und las das *Journal*, die Matthäuspassion schallte vom Glas zurück.
Als der Lastwagen auftauchte, hielt er seinen Blick starr auf die Zeitung gerichtet.
Nach einem zweiten Hupen öffnete sich die Tür des Wagens. Schritte. Jemand klopfte ans Fenster.

Er hob langsam den Blick.
Der Schädel in seiner Blickrichtung war gewaltig und völlig haarlos. Nicht einmal Augenbrauen. Eine breite Nase und Lippen, die dick waren wie Reifen. Schwarze Lederjacke.
»Kann ich Ihnen helfen?«
»Helfen? Mach das beschissene Tor auf, sonst nichts.«
Wieder Schritte. Weiter hinten die Geräusche eines Flugzeugs.
»Öffne das beschissene Tor, Mann!«
»Was ist los, Mike?«
Der kleine Mann auf der anderen Seite des Glases starrte Arkady an, während er mit seinem Partner sprach. »Der Typ ist eine Pussy. Ich hab dir gesagt, er ist eine Pussy.«
»Ja. Dieser Mann wird uns verpfeifen. Wirst du uns verpfeifen?«
Arkady schwieg.
»Na dann werde ich diesem Gesicht aber jetzt was flüstern.«
»Nein, wir haben hier Freunde. Und unsere Freunde werden das regeln, bleib cool. Eine letzte Frage. Öffnest du jetzt das beschissene Tor? Ja oder nein? Ich hab nicht die ganze Nacht Zeit.«
»Jetzt komm schon, Mike.«
Am nächsten Nachmittag wollte Arkady seine Kabine betreten, aber da saß bereits ein anderer Mann.
»Was ist los?«, fragte er.
»Frag nicht mich, sondern Kopf.«
Kopf telefonierte, seine Timberlands mit Stahlkappen auf dem Eichentisch. Als er Akady bemerkte, legte er den Hörer auf, erhob sich, beugte sich nach vorne, ging zur Tür und trat sie zu.
Er umkreiste Arkady.
»Deine Kabine, Arschloch. Darum bist du also hier? Polacke! Hurensohn! Du glaubst wohl, das ist deine Hütte. Du

glaubst, dir gehört hier etwas. Okay. Gut. Aber hier ist nichts, verstehst du, absolut nichts, was dir gehört. Fehleinschätzung, Mann. Ich hätte es gleich wissen können. Du bist Dreck. Jeder weiß das. Niemand, Mann, du bist niemand.«
»Und noch was. Wenn du mich siehst, hau ab. Hau einfach ab, Mann. Du weißt, ich hasse es, in Scheiße zu treten. Hast du mich verstanden, dummer Polacke? Du Hurensohn!«
»Ich bin nicht aus Polen«, antwortete Arkady.
Während des Kriegs war er einige Male nahe dran gewesen, einen Mann zu töten.
Er ballte seine Fäuste und begrub sie in seinen Manteltaschen.
Er dachte an seine Frau und an seinen Sohn. Heimgehen konnte er nicht. Er drehte Kopf den Rücken zu und verließ den Raum.

Silberne Flugzeuge stachen durch den blauen Nachmittagshimmel.
Er liebte den Geruch der grauen Polsterung des Chrysler. Jede Woche schritt er zur Generalreinigung, saugte die glänzend schwarzen Bodenmatten und putzte die Fenster.
Der Tank war voll. Er hatte Geld in seiner Börse.
Die Welt gehörte ihm. Er war frei. Wenn er es genau betrachtete, konnte er von hier aus jeden beliebigen Ort erreichen. Jahrlang war er die Route 22 hinaufgefahren, bis zur SeaLand Plant, und wieder zurück. Aber die Welt war ein Labyrinth aus Autobahnen. Vielleicht war ein Entwischen möglich.
Im Auto fühlte er sich wohl, niemand stritt, niemand schrieb ihm etwas vor, niemand schrie. Er drehte die Zündung. Er nahm die Route 1 bis zur Route 22, dann bog er auf den Parkway ein. Drei Fahrspuren, das bedeutete drei Pfade zur Freiheit. Er rollte sein Fenster hinunter. Kalte Luft schwappte

herein. Er sang »Oy die dunai, Oy die dunai, Oy die dunai danna«, ein Nonsenslied.

Newark, Elizabeth, Kenilworth, Linden, Rahway, Meutchen. Er flog durch Nord Jersey. Er wollte die ganze Welt. Der Fahrtwind zerzauste sein Haar. An der Windschutzscheibe klebten Insektenspuren wie Lippenstift.

Jenseits des großen Verteilerkreises irrten Autos an ihm vorbei, die andere Träumer mit sich führten. Er ritt direkt in den Himmel, er ritt in den Süden. Einen Ausflug in warme Gefilde hatte er immer ersehnt. Palmen, exotische Vögel, Sonnenschein ohne Ende. In Wirklichkeit war alles hier New Jersey, aber das störte ihn nicht. Lang vergessene Träume erneuerten sich, wurden lebendig. Seit der Vorkriegszeit hatte er sich solche Gefühle nicht mehr genehmigt.

Das Radio war kaputt, also sang er alleine weiter. Vor ihm lag ein Wald mit Kiefern, in den Flüssen wimmelte es von Forellen, eine geheime Welt aus leuchtenden Moosen überwucherte unter dem Fichtenholz silberne Felsen. Das Parallelleben: Es war immer vorhanden, es wartete. Ganz egal, wie sehr man sich verschwendete, was man tat, es gab immer diesen anderen Raum, wo das Leben ebenfalls stattfand und man erwartet wurde.

Er wusste, wieso er sein Land verlassen hatte: um wie ein Wilder über den Parkway in die Freiheit zu rasen. War das nicht der Sinn von Amerika? Autobahnen, Schnellstraßen, die Landstraßen freigaben, die sich wiederum Städten entgegenwanden, die an Schnellstraßen und Autobahnen lagen – grenzenlose Begierde traf sich ausnahmsweise mit einem Land, das groß genug war, um sie zu befriedigen.

Er würde dieses Land neu entdecken. Was sollte das Gerede über das Riesenreich im Niedergang? Er würde es ihnen zeigen, den Journalisten, Intellektuellen und den ausgebrannten Träumern der Emigrantenszene, die sich das Hirn zermarterten über Moralfragen, Lebensart und Verantwortungsgefühl. Er würde die Autobahnen entlangrasen wie der neue Kolumbus, würde in seinem Wagen schlafen oder in Motels, wenn er das Geld dafür hatte, oder unter den Sternen. Oder vielleicht gar nicht. Eine unstillbare Gier, alles zu sehen, überkam ihn, ein Drang, etwas ganz unkritisch und vollkommen zu lieben.

Er lächelte in sich hinein und winkte der Horde der anderen Autos. Diesem kollektiven Auszug aus Ägypten.

Ein Feind des *busy-ness* zu sein: das würde seine Rolle sein. War es nicht das, woran er glaubte, auch wenn er es selbst vor sich sein ganzes Leben lang versteckt und geheim gehalten hatte?

Endlich waren sie da, die großen Gedanken. Auch sie hatten auf ihre Zeit gewartet.

Er hatte nie nach Ansehen oder Ehre gestrebt. Guter Gott, er legte nicht einmal besonderen Wert darauf, als erwachsener Mann zu gelten. Nicht auf die Art, wie es in dieser Welt üblich war.

Vorwärts und nach oben, zu den Städten der Vögel und der uneingeschränkten Lebewesen. Er würde wie die Beatniks leben. Oder er würde wie Skovoroda werden, der Philosoph, der von Dorf zu Dorf marschierte und Volkslieder sammelte. Auch seine Träume, eines Tages in Harlem Klavier zu spielen, fielen ihm wieder ein.

Bei Tom's River bog er auf die Route 9 ab. Die Dämmerung brach ein, was seine Fantasien etwas dämpfte. Er verspürte Hunger. Links und rechts von ihm gab es Raststätten und Restaurants, aber warum sollte er Geld für etwas ausgeben, das ihn im Supermarkt einen Vierteldollar kosten würde? Jetzt hätte er sich ein Lunchpaket gewünscht.

Sein Mund war trocken, seine Zunge eine salzige Platte.

Irgendwo verließ er den Highway. Links und rechts der

Straße standen Baumreihen. Insekten splitterten wie Weintrauben an der Scheibe. Er glitt durch die Dunkelheit, seine Scheinwerfer bohrten in die Straße. Er bremste, um das Leben eines Waschbären zu retten, der die Straße überquerte. In der Dunkelheit verbargen sich die unmöglichsten, unvorstellbarsten Welten! Er rollte sein Fenster nach oben. Ein Gähnen wurde ihm zu einem Seufzen. Woher kam dieses Seufzen? War er denn nicht frei, war er denn nicht der König der Straße?

An einer Ampel hielt er. An der Ecke eine neue Bank und auf dem Hügel dahinter eine presbyterianische Kirche mit milchiger Verkleidung. Auch in der Nacht waren die Geschäfte an der Main Street verführerisch beleuchtet – ein Blumengeschäft, ein Autoersatzteilladen, ein Kresge's. Schräg gegenüber ein Lokal der Veteranenvereinigung, ein Lebensmittelgeschäft und ein anderer Laden, den er nicht identifizieren konnte. An der Ecke eine Bar mit einem Neonschild mit der Aufschrift AVER.

Er hatte Durst.

Zwei Motorräder verließen den Parkplatz hinter der Bar. Das lange Haar der Biker flatterte hinter ihren Köpfen. Sie lehnten sich in die Straße hinein und rasten den Hügel hinauf.

Arkady spielte mit dem Gedanken, das Rotlicht zu überfahren. Alles schien so weit weg zu sein. Die Straßenlaternen summten wie Raumschiffe, flackerten wie Kerzen. Jemand ist gerade gestorben, dachte er, und dieses Flackern ist das Einzige, was übrig bleibt. Auch sein eigener Tod würde so sein, nichts als ein Schnippen mit den Fingern. Niemand würde es hören.

Jetzt, da er alle hinter sich gelassen hatte.

Die Ampel wechselte ihre Farbe, aber sein Gefühl blieb bestehen. Der Geschmack der Fremdheit lag ätzend auf seiner

Zunge, seine Haut kribbelte vor Unbehaglichkeit und Neugier. Er hatte ein Recht darauf, er konnte in jede Bar gehen, in die er wollte. Aber was, wenn sie ihn dort nicht wollten? Was würde er tun? Er war durchaus fähig, alleine zu trinken, ohne jemandem in die Quere zu kommen. Aber er musste nur seinen Mund öffnen, dann würden sie ihn auslachen. Selbst wenn niemand lachte, würde bei seinem Auftritt in der Bar eine komische Stimmung entstehen. Plötzlich würden alle anderen einen Stuhl weiterrutschen. Dieser Stuhl zwischen ihm und den anderen hatte die Form eines Abgrunds, breit wie der Ozean.

Die Straße führte nach oben, rollte samtene Schwärze auf und der Himmel war jetzt mit Sternen schraffiert.

Niemand auf dieser Welt hatte ihm je etwas gegeben. Die Welt nahm und nahm, unentwegt. Seine Eltern hatte sie ihm genommen und sein Zuhause. Was gab sie ihm zurück? Er bückte sich über das Steuer und atmete die Luft ein, als könnte sie seinen Schmerz lindern. Er verspürte Lust auf ein Bier, machte eine Kehrtwende und fuhr zur Bar zurück.

Die Aufmerksamkeit der meisten Männer in der Bar galt dem Fernsehschirm. Ein paar sprachen gedämpft miteinander. Frauen waren keine anwesend.

Ein bärtiger Mann hinkte um einen Billardtisch, sein Gegner, ein Junge in T-Shirt und Lederjacke, lehnte an einem der offenen Holzbalken und zog an seiner Zigarette.

Arkady suchte sich einen Platz am Tresen.

Der Barmann, ein Albino, drückte seine Ellbogen auf die fleckige Eiche. Dann drehte er den Kopf in Arkadys Richtung.

»Eine Flasche Pabst.«

Auf den Tapeten, orange gefärbt vom Rauch und von der Zeit, flogen Wildenten die Wände entlang. Von einem Querbalken grinste der Kopf eines Elchs.

Die Schäbigkeit dieses Orts irritierte ihn. Er hatte keine großen Lokalerfahrungen. Während des Kriegs hatte er Bars nur betreten, um Schwarzmarktgeschäfte abzuwickeln. Ihm fehlte der Respekt für Männer, die sich hinter ihrem Suff versteckten. Trotzdem lachten diese Männer, sie waren immer guter Laune.

Er trank das Glas leer, bestellte sich ein neues und dazu eine Schachtel Salzbrezeln.

»Fünfzehn Cent.«

Er legte einen Vierteldollar hin.

»Geht es nicht kleiner, Alter? Hab kein Wechselgeld. Bin heute nicht auf die Bank gekommen. Verrückter Tag.«

Der Barmann wollte plaudern. Aber Arkady konnte das nicht, ihm fehlten die Wörter dazu, also nickte er stumm und zählte die Münzen.

Eine Stimme hinter ihm sagte: »Ist das Ihr Chrysler?«

Arkady ging in Stellung und drehte sich um. Er wusste, jetzt würde es Probleme geben. Sein Gegner hatte ein teigiges Gesicht und sein Bauch hing über den Gürtel. Arkady fühlte nie körperliche Angst. »Ja, das ist meiner.«

»Sie haben die Lichter angelassen.«

Er nickte, bedankte sich, nahm einen letzten Schluck vom Bier, rieb mit seiner Handfläche über das feuchte Glas, ließ ein paar Nickels fallen und steckte die Salzbrezeln ein.

Er war frei.

Nebel schimmerte unter dem Firmament und er drehte die Scheibenwischer an. Er war nahe der Kieferngrenze, hier begann das flache, kümmerliche Land. Millionen von Sternen schauten auf die schwarzen, leeren Straßen, die Finsternis war eine Schale, in die seine Gedanken tropften, die üblichen, dass er keine Freunde hatte, die auf ihn warteten. Wer allerdings ganz bestimmt auf ihn wartete, das waren die offenen Rechnungen, die Hypotheken, die Zahnarztbesuche und die Ratenzahlungen für den Wagen. Guter Gott, nicht einmal das Auto, das er fuhr, gehörte ihm. Es war im Besitz der Ukrainischen Kreditanstalt. Er starrte in die Dunkelheit. Alle schienen übereingekommen zu sein, ihn fertig zu machen, ihn in den Schwitzkasten zu nehmen und nie mehr freizugeben. Hatte irgendjemand in seinem ganzen Leben etwas für ihn getan? Etwas, das ausschließlich ihm galt? Seine Jugend hatte er in Bombenkellern und Auffanglagern verbringen müssen. Damals machte er sich keine Vorstellungen davon, was das Leben bringen konnte. Seine mittleren Jahre hatte er damit verbracht, für seine Familie zu arbeiten, aber jetzt war seine Zeit gekommen. Er fuhr der Freiheit entgegen.

Der Geruch des Ozeans drängte sich herein. In Cape May war er nie gewesen.

Wochenlang hatte niemand das Gras gemäht. Stefan war alt geworden. Arkady hatte seine Eltern nicht gesehen, seit er ein Junge war. Er wusste nicht einmal, wo seine Mutter begraben lag. Und sein Vater war erschossen worden, als das Wort *Kulak* eine neue Bedeutung bekam. Er erinnerte sich daran, wie er im Hinterhof des Hauses seines Vaters mit den Zinnsoldaten gespielt hatte, dort, wo der Vater die Hühner gefüttert hatte. Am nächsten Tag waren die Zinnsoldaten zu echten Soldaten geworden.

Die gerade Straße ging in eine Kurve über.

Beschissener Kopf.

Ein Gesicht nach dem anderen erstand vor ihm: Lastivka, Bo, Stefan. Dann traten sie gemeinsam auf, in einer Reihe rund um den Mittagstisch. Alle weinten.

Wenn er stürbe, würde niemand es hören. Die Welt würde keine Notiz davon nehmen. Nur das Flackern einer Lampe, irgendwo.

Er fuhr an viktorianischen Häuserreihen entlang, die errichtet worden waren, als Cape May noch ein Hafen für die

Rockefellers und Duponts und Roosevelts gewesen war. Boote standen auf ihren Anhängern in den Hauseinfahrten. Ein Hund jagte seinem Wagen ein paar Schritte hinterher. Er hatte nicht die geringste Ahnung, wo er sich befand. Er bog nach rechts ab und plötzlich endete die Straße.

Der Ozean.

Sein Rücken schmerzte. Er war schon viele Stunden unterwegs. Er stieg aus und ging zum Kamm der Düne, wo der Atlantik im Viertelmondlicht glänzte. Wolken geisterten über den Himmel, kahl, nackt und lang wie über den Himmel gespannte Muskeln. Möwen waren keine hier, aber in der Ferne dröhnte ein Nebelhorn. Wellen brachen am Strand und zogen sich wieder zurück, nahmen die Wucht seiner Wut mit sich. Der Wind blies stark und er schloss den Reißverschluss seines Mantels. Das unaufhörliche Hin- und Herwogen des Meeres beruhigte ihn.

Das Flackern einer Straßenlaterne. Und das Leben würde weitergehen.

Deshalb musste er zurückfahren. Wer war er schon? Was bedeutete ein Leben ohne Zeugen? Er würde flackern und verlöschen. Ohne seine Familie würde sich das Wenige, was er auf der Welt hatte, in Nichts verwandeln. Er hätte nie weggehen sollen. Hätte nie seinen Bauernhof verlassen sollen, das alte Land verlassen sollen, Free Fall verlassen sollen. Der Sog hielt ihn fest, er zog ihn nach unten. Er war den stärksten Kräften auf Gedeih und Verderb ausgeliefert, aber trotzdem würden sie niemals alles von ihm bekommen. Er hatte ein Herz: das hatte sein eigenes Drama. Seine Geschichte, das war seine Frau, sein Sohn, seine Familie. Auch wenn er und Lastivka ihre Probleme nicht lösen konnten, bei ihr wusste er immerhin, wer er war. In erster Linie war er ein Gefühlswesen. Die Wildheit, die er eben noch gespürt hatte, war abgeklungen. Selbst wenn er sein Leben ver-

schwendet hatte, konnte er immer noch der Welt zeigen, dass er genug Charakter hatte, um seinen Entschlüssen treu zu bleiben.
Er ging bis zum Rande des Wassers. Das Meer, das unaufhaltsam gegen das Land brach, schien zu sagen: Sprich, man hört dir zu. Die Wellen wälzten sich durch ihn hindurch und sie wuschen ihn rein, mit ihrer Kälte und ihrem Salz – so als ob etwas in ihm danach verlangt hätte, sie zu hören, bevor er sich selbst hören konnte. Und als er am Ende dieser langen Sackgasse in seiner Welt stand, kalt und rein, blies der Wind neue Luft in die Lungen.

Letzte Liebschaft

Nachdem er im Bett in der Bibel gelesen hatte und anschließend in der Zeitung vom Vortag, nahm Stefan eine Dusche. Zum Frühstück aß er meist Honigbrote. Die Brösel packte er in Zeitungspapier und stopfte das Paket in seine Manteltasche. Er durchquerte North Burdock, bis er den Fluss erreichte.

Sein Spazierstock klickte über den Bürgersteig. Aus dem blauen Haus mit den dorischen Säulen drang die Melodie einer Polonaise und die Noten vermischten sich mit dem ziellosen Xylophonspiel der Spatzen. Eine Frau, die einen Kinderwagen schob, ging vorbei. Sie lächelte und Stefan hob zum Gruß den Rand seines Filzhuts an.

Im Park setzte er sich auf eine Bank nahe beim Damm. Das Geräusch des Wassers half ihm klarer zu denken. Lichtreflexe schaukelten auf den Wellen, ganz so, als ob auch sie die Musik hören würden.

Die Zeit wirbelte um ihn wie eine Musicbox-Ballerina. Gerade noch war er unter den Brücken der Seine durchspaziert, vorbei an Lagerfeuern, um die Familien kauerten. Er nahm die Zeitung aus der Tasche und verstreute die Brösel über das Gras. Die meisten Enten waren verschwunden. Er war die Rue de Descartes hinuntergegangen und hatte über Picasso und die Surrealisten gesprochen – alles Schnee aus vergangenen Jahren. *Nie gefreit, niemals gereut.* Und seine großen Projekte? Nichts als ein paar Aufzeichnungen – lose Blätter, die auf ein Streichholz warteten. Wenn er nicht zu

Woolworth's ging, besuchte er gelegentlich die *Shevchenko Scientific Society* auf der Second Avenue, wo er Dokumente entlehnte und Skizzen erstellte. Aber das Fehlen der Primärquellen machte ihm zu schaffen. Einmal, im Lesesaal der Bücherei in der 42nd Street, traf er zufällig seinen alten Bekannten Dr. Zahajkewicz: Dieser einstige Kollege seines Bruders arbeitete nun als Koch in einem spanischen Restaurant in Harlem. Stefan erzählte ihm von Woolworth's und von Claudia, der jungen Italienerin. Von den Namen D'Annunzio, Montale oder Pavese hatte sie nie gehört, ebenso gut hätte sie Polynesierin sein können.

Im Park am Wasser lächelte Stefan milde über seinen Flirt. Sie hatte sich bei ihm über die Schwarzen beschwert, die in ihr Viertel zogen, und außerdem über ihre Mutter, die ihr das Tragen von Make-up verbieten wollte. »Warum auch Stümperarbeiten unternehmen an einem fertigen Kunstwerk?«, hatte er zurückgegeben.

Der Manager von Woolworth's war ein 24-jähriger polnischer Junge, der nichts über die Geschichte der Beziehungen zwischen der Ukraine und Polen wusste. Amerika, das war der süße Gedächtnisschwund.

An ruhigen Tagen im Kaufhaus betrachtete Stefan stundenlang den Goldfisch in seinem Aquarium oder die Wüstenrennmaus in ihrem Drehrad. Und ich bin keinen Deut besser als sie, dachte er.

Er zog ein kleines Buch aus seiner Tasche. Eine illustrierte Biografie des Malers George Rouault. Stefan hatte ihn einst getroffen. Der große Künstler hatte sich zu ihm hinübergebeugt und erläutert, wie sehr er es verabscheue, dass die Mittelklasse unter ihrer fröhlichen Fassade *tatsächlich* glücklich sei. Das war ein sehr französischer Gedanke. Zu jener Zeit hatte er Rouaults Bilder nicht gemocht. Jetzt waren diese Clowns für ihn voller Bedeutung. Er betrachtete einen pastellfarbenen Friedhof, über dem die Wolken wie Fische in einem blaugrünen Himmel hingen. Jedes der Grabkreuze ähnelte einem X auf einer Landkarte, das den eventuellen Fundort eines Schatzes bezeichnete.

Er hörte Gwen McDonald nicht, die sich auf der Asphaltstraße näherte.

»Ah, Mr. Zabobon, ist das nicht toll? Oh, ein Buch!«

Stefan stand auf und bedeckte sein Herz mit seinem Hut.

»Meine gute Mrs. McDonald! Ja, ein Buch.«

»Nein, und um alles auf der Welt, Rou-Ault. Was für ein netter Zufall. Ich bin auf dem Weg zu einer Vernissage. Ein spezieller Event für Senioren. Haben Sie diese Bezeichnung schon einmal gehört, *Senioren?«*

Arm in Arm spazierten sie über die Brücke. Die grobknochige Gwen mit ihrem dicken grauen Haar. Und vielen anderen Vorzügen. Zum Beispiel war sie unendlich geduldig mit seinem Akzent und seiner sprachlichen Unbeholfenheit. In ihrer Gegenwart baute er seine Sätze immer besonders behutsam auf.

»Haben Sie von den Schutzräumen gehört?«, fragte sie. »Der Präsident glaubt, dass die Russen angreifen. Die Bunker sind überall in der Stadt. Wissen Sie, wo? In den Kellern der Schulen und Wohnhäuser. Es ist völlig lächerlich. Sie planen Übungen. Sie erklären den Kindern, wie sie in Deckung gehen und den Kopf auf den Tisch legen müssen. Bei einer Atombombe. Glauben Sie, das macht irgendeinen Unterschied? Würden denn die Russen wirklich so etwas tun?«

Er harkte mit seinem Stock an einer Mauer aus Feldstein. Diese Frau zwang ihn, seine Theorien über weibliche Schönheit zu überdenken. Die Form der Nase und der Backenknochen, die Fülle der Brüste. Gwen McDonald besaß keines der Attribute, die ihn einst zum Genuss fleischlicher Freuden geködert hatten. Dennoch spürte er die Erregung

des traurigen Tiers in sich und wünschte sich nur eines: seinen Kopf an ihre Schulter zu lehnen. Sein altes Herz öffnete sich vor Verlangen. Immer diese Frauen! Es war sein Bruder gewesen, dieser gläubige Mann, der am meisten für Frauen gelitten hatte. Zuerst hatte Zenon seine Karriere für Natalka aufgegeben und dann sein Leben für seine Geliebte.
Er selbst war ebenfalls seinen diversen Gelüsten gefolgt. Das Ergebnis war, dass er vieles versäumt hatte: Er war nie in den Genuss einer lange anhaltenden Vertrautheit gekommen. Doch die Angewohnheiten des Junggesellenlebens hielten ihn wachsam; seine Einsamkeit hatte er mit Plato vertrieben, mit dem Schachspiel und mit der ungefilterten Erotik von Rubens und Ingrès. Er hatte das *Symposium* gelesen und sich gefragt, ob er je einer Diotima über den Weg gelaufen war, ohne sie zu erkennen. Vielleicht strebten die Menschen tatsächlich nach dem Guten – aber er war zu tief in die weltlichen Spielchen verwickelt, um klar zu sehen. Dennoch, die Süße des Tages nahm ihn gefangen.
»Ist etwas nicht in Ordnung, Mr. Zabobon?« Die Frage kam von ihr.
»Es mag schon sein, dass die Russen von Dschingis Khan abstammen, aber ich glaube nicht, dass die Entscheidung über einen Atomkrieg von ihnen abhängt. Es ist vermutlich die Technik an sich. Die Technik wird entscheiden, was passiert.«
Im Augenblick beunruhigte ihn die Aussicht auf einen eventuellen Weltuntergang weniger als die Vorstellung, dass er sein Leben verschwendet hatte.
Der Wind rauschte verträumt durch die Ahornbäume.
Es gab nichts, vor dem er mehr Achtung empfand als vor dem Drang zur Kunst. Der lokale Picasso trug bratensoßegraue Rollkragenpullover und ließ seine Schüler grüne Kreise und Dreiecke zeichnen. Sie arbeiteten mit Leuchtfar-

ben. Doch in der Kunst ging es um die Regeln. Mit religiösen Maßstäben gemessen waren die Portraits dieses Kerls so wertvoll wie die von Da Vinci. Als Kunst waren sie reiner Dreck.

»Sind die Bilder von Mr. Parkinson ebenfalls in dieser Ausstellung?«

»Selbstverständlich.«

Seine Gedanken drifteten wieder ab. Es fiel ihm zusehends schwerer, sich auf den Augenblick zu konzentrieren. Nicht einmal mehr dann, wenn es um Sinnlichkeit ging. Er beschloss, einfach weiterzusprechen.

»Mrs. McDonald, haben Sie sich einmal überlegt, dass die Steine und Bäume, vielleicht sogar das Wasser, gerne reden würden? Der einzige Unterschied zwischen uns und den scheinbar leblosen Objekten besteht meiner Meinung nach darin, dass wir Wörter haben, die uns den Dingen, aus denen wir bestehen, neues Leben geben lässt. Vögel oder Fische brauchen keine Wörter für ihre Identität. Wir schon. Wir sind aus der Sprache gemacht, die an unser Ohr dringt ... Entschuldigen Sie, der Wind bläst mir wohl diese seltsamen Gedanken zu. Danke, dass Sie mir überhaupt zuhören! Wissen Sie, ich komme aus einer Gegend, in der die Erde seit langer Zeit versucht, zu sprechen – und ich fürchte, sobald ihr das gelingt, wird sie als Erstes einen lauten Schrei ausstoßen.«

»Ich weiß, für mich gibt es keine Aufgabe in Amerika. Ich bin hierher gekommen um zu sterben. Hier kann ich gerade noch auf die Goldfische aufpassen. Eine zufrieden stellende Beschäftigung, das kann ich Ihnen versichern. Ich beklage mich nicht. Ich bin nicht unglücklich. Ganz im Gegenteil, wirklich. Aber was ... ah, jetzt sind wir endlich hier, bei der Bibliothek ...«

»Und da ist ja schon Mr. Parkinson. Yoo-hoo! Frank!«

Avon Calling

Lastivka wollte die Begeisterung wieder verspüren, die sie als kleines Kind gekannt hatte, wenn sie über die Friedhöfe einer Stadt rannte, die nur in ihren Träumen existiert haben konnte. Rozdorizha, dachte sie, konnte nur im Traum existiert haben.

Während sie ihre Augen und Lippen schminkte, sah sie in den Spiegel. Woher kamen diese Falten in ihrem Gesicht?

»Mutter, hast du Großvater gekannt? Mutter, erzähl mir, wie Zenon erschossen wurde.«

Natalka saß unbeweglich wie ein Buddha in ihrem Sessel.

»Weißt du noch, wie Eddie seine Handstände in der Speisekammer gemacht hat, Mutter?«

Lastivka vermisste das Bewusstsein eines Zieles, das ihnen der Krieg gebracht hatte. Arkadys erzwungene Nationalgesänge reichten nicht aus. Sie brauchte eine Mission.

»Vater, wie sollen wir den Jungen erziehen?«

Zenon zog eine Zeit lang an seiner Pfeife.

»Am besten, du erzählst ihm davon, wie es zu Hause war. Er könnte sich als nützlich erweisen. Könnte später benötigt werden.«

»Wie ist es, im Totenreich zu leben?«

»Nicht so übel, mein Engel. Gar nicht so, wie wir in der Nahtodgesellschaft dachten, dass es sein würde. Ich war zum Beispiel in Kalifornien. Oder auch in der Metropolitan. Das alles ist schwer zu erklären. Manche von uns dürfen hingehen, wo sie wollen. Andere bekommen Beschränkungen

auferlegt. Du solltest die Massen sehen, die sich jeden Abend in Marilyn Monroes Schlafzimmer drängeln! Ich komme viel herum, war jüngst in Rozdorizha. Ich hielt Ausschau nach Toor. Habe aber noch kein Lebenszeichen von ihm gefunden. Er ist ja schon so unglaublich lange tot. All die Dinge, die Toor wissen muss!«
»Warum sprichst du nicht mit Mutter?«, fragte Lastivka. »Sie braucht dich.«
Zenon lächelte. »Deine Mutter und ich stehen pausenlos in Kommunikation. Wir haben nie den Kontakt verloren. In Wirklichkeit verbringt sie viel mehr Zeit mit mir als mit euch. Ich weiß, ihr glaubt, ihr Gehirn funktioniert nicht mehr richtig. Aber das stimmt nicht, Liebling. Sie verbringt die meiste Zeit mit mir.«
»Haben die Priester Recht?«
»Was die Priester sagen, ist grobe Vereinfachung. In Wirklichkeit ist alles viel komplizierter. Die meisten von ihnen haben prosaische Fantasien. Sie haben ihre eigenen Fetische. Sie sind auf eine Reihe von Farben fixiert, Blau und Rot und Gold. Sie haben einige Details herausgekriegt, zum Beispiel das mit den Flügeln – das streite ich gar nicht ab. Aber es ist nur ein winziger Teil des Ganzen. Was wissen die Leute schon über den Einfallsreichtum Gottes? Nicht einmal als Toter kann man ihn begreifen.«

Eines Morgens erwachte Lastivka mit dem Wort *Paris* in ihrem Kopf.
Sie ging in Bos Zimmer und setzte sich auf seinen Bettrand. Sie rüttelte an seiner Schulter, bis er wach wurde.
»Pack zusammen. Wir fahren nach Paris.«
Dann ging sie zu seinem blau-gelben Kleiderschrank und begann, seine Kleider herauszuräumen. Sie häufte sie auf seine blau-gelbe Steppdecke auf dem Bett.

»Mutter«, sagte er etwas ängstlich. »Warum? Warum fahren wir nach Paris?«
»Weil es das Zentrum für Schönheit und Kultur ist«, sagte sie, erstaunt über die Frage.
»Na gut«, seufzte er und rieb sich die Augen. Zumindest musste er diesmal keine Liegestütze machen. Die Idee überzeugte ihn nicht. Aber er hatte keine Lust, zu streiten. Paris konnte sich ja durchaus als eine neue Art von Vergnügen herausstellen, so wie die Schokoladen von Macy's.
Paris würde vielleicht genau der Ort sein, wo er ein Denkmal für seine Mutter errichten konnte. Denn das war einer seiner ernsthaftesten Pläne. Wer sonst auf der Welt kümmerte sich so darum, alle seine Wünsche zu erfüllen.
Lastivka legte weiter Kleidung zusammen.
Der Haufen wurde höher und höher.
»Kann ich meine Soldaten mitnehmen?«
»Nein«, schnappte sie plötzlich zurück.
»Warum nicht?«
»Sie sind zu schwer.«
»Mutter, das ist Unsinn ...«
»Ist mir egal. Die kommen nicht mit. Schluss mit Soldaten.«
Das war ein ernstes Problem. Bo schmollte. Aber es war ihm klar, dass es ein Fehler wäre, jetzt Widerstand zu leisten.
Lastivka kämpfte gerade mit dem Reißverschluss eines Koffers, als Stefan heimkam.
»Und wohin sind wir des Wegs?«

»So funktioniert es einfach nicht«, sagte Arkady später zu ihr. »Dinge passieren nicht nur deshalb, weil *du* sie so willst.«
Jetzt war es Paris. Diese seltsame Frau. Manchmal fürchtete er, sie würde, wie ihre Mutter, den Boden unter den Füßen verlieren.

»Du musst für die Dinge arbeiten. Schritt für Schritt. Du musst Pläne machen und dabei bleiben.«
Lastivka schloss ihre Augen. Sie dachte daran, was ihr Vater über den Einfallsreichtum von Gott gesagt hatte. Wenn es Leute mit Flügeln geben würde und Massen von Toten die Lebenden überwachten, dann war der Weg nach Paris ein winziges Detail in einem enormen Plan und Gott könnte es mit einem Wink einrichten. Außerdem war Paris nichts Besonderes. Millionen fuhren dort jeden Tag hin.
»Ich weiß, wieso du nach Paris willst«, sagte Arkady mit etwas weicherer Stimme. »Ich weiß es wirklich.«
Sie sah ihn mit zweifelnden Augen an. Er begriff so wenig. Konnte er ihre Beweggründe überhaupt verstehen?
»Du willst dorthin, weil es unmöglich ist, nach Hause zu fahren. Ich weiß.« Arkady wandte sich zu seinem Sohn. »Zeig deiner Mutter, was für wunderschöne Liegestütze du machen kannst.«
Lastivka sprach weiterhin von Paris und schließlich erklärte sich Arkady bereit, die Hälfte des Flugtickets zu zahlen. Aber zuerst musste sie einen Job annehmen, um ihren Teil zu verdienen.

Im Einführungskurs erhielt sie ein Musterpäckchen aus Plastik mit rosafarbenen Rändern, eine Schachtel Kataloge und einen Stapel Bestellformulare. Sie war nun eine Avon-Beraterin.
»Es liegt alles an der Einstellung«, sagte die Kursleiterin, eine aggressiv fröhliche Frau mit blondierten Haaren und falschen Perlen. Ihr Lippenstift sah aus wie über eine offene Wunde geschmiert.
Sie wiederholte wieder und wieder, dass man überzeugt sein sollte, den Leute etwas zu geben, was sie wirklich wollten. Aber Lastivka sah sich die Kundin am Schlawittchen packen

wie einen schreckensstarren Hasen und dann in einen Jutesack fallen lassen. So lief das Geschäft. Und was die Einstellung betraf – was für eine wilde abergläubische Vorstellung!

Doch das war der einzige Weg nach Paris und wenn es sein musste, würde sie ihn gehen.

Ihre ersten Verkaufserfolge – fünf Dollar an einem Nachmittag – erzielte sie durch ihre Freundinnen aus dem *Verein Ukrainischer Frauen*, die sich einmal monatlich im Gemeindesaal von Elizabeth trafen.

Allmählich arbeitete sie sich nach Free Fall hinüber.

Eines Morgens öffnete Mrs. Roberts, die Lastivka als Chefin der *Parent Teacher Association* kannte, die Tür.

Lastivka lief rot an.

Sie erklärte ihr Anliegen.

»Oh, ich könnte ein Kölnischwasser für Ben brauchen. Kommen Sie rein.«

Sie winkte Lastivka ins Foyer.

Gerade hatte sie die Tür geschlossen, als die Glocke wieder läutete.

»Entschuldigen Sie. Oh, Angela, ich sagte soeben zu … Ach Gott, mir fällt gerade auf, dass ich Ihren Namen nicht kenne. Vorog? Wie ungewöhnlich. Ich war nur kurz – na ist ja egal. Kommen Sie mit mir, Angela. Entschuldigen Sie mich eine Minute?«

Mrs. Roberts und die Putzfrau gingen durch das Vorzimmer.

Beharrlichkeit. Das war ein anderes Wort, das die Kursleiterin im Seminar gerne verwendet hatte. Setz den Fuß in die Tür, dann verkaufst du. Das war die Regel. Verkauf und hol dir die Kommission. Das war das Ziel. Hol dir die Kommission und steig ins Flugzeug nach Paris.

Mit langen, nervösen Fingern strich sie ihr Haar nach hinten. Die gleichen Finger hatten die Klaviertasten jahrelang

ausschließlich zu einem Zweck berührt: um die Nationalhymne zu spielen. Bei einem Blick in den venezianischen Spiegel fiel ihr auf, dass sie kein Make-up trug. Die Kursleiterin hatte mehrfach gesagt, dass das gepflegte Aussehen der Verkäuferin ihre beste Visitenkarte sei.
Nicht vergessen: Die Produkte *verkaufen sich von selbst.* Jedes von ihnen hatte sich bereits millionenfach verkauft. Alles was man tun musste, war, es herzuzeigen.
Lastivka starrte skeptisch auf die kleinen Probetuben und Probefläschchen. Waren sie tatsächlich so mächtig? Konnte sie ihren gesamten Glauben in sie legen? Sie zog einen Katalog hervor und blätterte zu den Männerparfums. Würde Arkady eines von denen mögen, die aussahen wie diese Model-T-Autos? Oder das in Hantelform?
»Wer sind Sie?« Ein kleines Mädchen mit Zöpfen, vielleicht sieben Jahre alt, stand vor ihr. Sie trug ein ausgestopftes Stinktier im Arm.
»Ist das die Avon-Beraterin, Sadie?«, fragte das Mädchen die schwarze Frau, die durch das Vorzimmer kam.
»Nenn mich nicht Sadie, Kind. Entschuldigen Sie, Ma'am. Mrs. Roberts bekam gerade einen Anruf. Sie muss jeden Augenblick zurück sein.«
Lastivka starrte auf die stolzierenden Pfaue auf dem Teppich unter ihren Füßen. Was, wenn sie begann, etwas auf Ukrainisch daherzuschwafeln?
Sie stand vor dem Spiegel und übte ihre Rede, als Mrs. Roberts zurückkam – erwischt. Lastivka lief rot an. Mit einer ruckartigen Armbewegung lenkte sie die Aufmerksamkeit auf die vielen exquisiten Produkte im Etui. Dabei stieß ihr Arm ungeschickt gegen das Köfferchen. 68 Tuben Lippenstift und ein Dutzend Parfumflaschen stürzten auf die stolzierenden Pfaue.
Sie kniete sich über die Bescherung und stammelte wort-

reich Entschuldigungen vor sich hin, in allen Sprachen, die sie beherrschte. Französisch, Deutsch, Rumänisch, Polnisch, Tschechisch.
Mrs. Roberts lächelte verkniffen.
Lastivka erhob sich, Tuben in der Hand, räusperte sich und lächelte ihre Kundin an.
»Was für ein Name ist das?«, fragte Mrs. Roberts.
»Heart Robber«, sagte Lastivka und starrte auf die Tube in ihrer Hand.
»Nein. Vorog. Ich meine Vorog. Sie haben gesagt, das ist Ihr Name.«
»Oh, ukrainisch. Es ist ein ukrainischer Name.«
»Ich glaube, Sie sind meine erste Ukrainerin. Ist die Sprache nicht dem Russischen ähnlich?«
Lastivka war zur Osterzeit mit Stefan in Klagenfurt angekommen. Am Ostersonntag hatte keine einzige Kirchenglocke geläutet. Ihr Vater war zurückgeblieben, um noch etwas zu erledigen. Dann erhielten sie ein Telegramm – ein Junge mit rinnender Nase hatte es vorbeigebracht. Das Telegramm war von einem Freund geschickt worden. Es hatte die Nachricht zum Inhalt, dass Zenon erschossen worden war. Die Gründe für seine Exekution fanden sie erst viel später heraus.
»Nein«, sagte sie zu Mrs. Roberts. »Ist sie nicht.«
Sie verspürte keine Lust, den Unterschied zu erklären. Stattdessen öffnete sie die Seite im Katalog, wo Männerparfums angeboten wurden.
Mrs. Roberts wählte »Body Buddy« aus. Lastivka notierte die Bestellung, während sie aus einiger Entfernung das kleine Mädchen rufen hörte: »Nein, nein, nein, Sadie. Nein, nein, nein, hab ich gesagt.«
Als sie die Tür öffnete, fragte Mrs. Roberts: »Haben Sie manchmal Heimweh?«

Die Frage bedrückte sie. So ist die Welt, dachte sie. Niemals können die Dinge auf sich beruhen. Immer wird man daran erinnert, dass man hier nicht zu Hause ist.
Sie setzte zu einer Antwort an, da unterbrach Mrs. Roberts sie mit sanfter Stimme. »Was für eine dumme Frage. Natürlich haben Sie Heimweh. Ich selbst kriege ja schon nach einer Woche Hawaii Heimweh. Dorthin fahren Ben und ich zu Weihnachten. Oder jedenfalls fuhren wir früher hin, bevor Natalie geboren wurde …«
Lastivka fühlte sich gedemütigt. Sie schaffte es nicht einmal, Make-up zu verkaufen. Man musste sich nur Mrs. Roberts ansehen. Das war eine echte Frau. Sie stand stolz in der Welt. Sie stellte das dar, was das Leben aus Menschen machen konnte, wenn es wollte. Welchen Sinn hatten Lastivkas ganze Gefühle? Da war nichts, was sie mit ihnen tun konnte.
Sie nahm den Heimweg über den Friedhof.
»Vater«, sagte sie leise. Aber er erschien nicht.

Lastivka kam heim und fand einen ganzen Hofstaat von Menschen – die üblichen Verdächtigen – in ihrem Wohnzimmer verstreut. Sogar ihre Mutter war mit ihrem hölzernen Rollstuhl hereingefahren. Sie trug ein blau gestreiftes Kleid und nagte an einem kandierten Apfel.
Alle schienen besonders aufgeregt zu sein.
»Meine Freunde, wir haben eine Wegkreuzung erreicht!«, schrie der Oberst von seinem Aussichtsplatz auf dem Sofa. Rings um ihn stand mit offenen Mündern und geballten Fäusten seine Zuhörerschaft, die Menge der Sympathisanten.
»Laut meiner Theorie entsteht jede Theorie aus der physischen und psychologischen Verfassung eines Menschen.«
»Du bist ein Materialist!«
»Amerikaner lieben Verschwörungstheorien. Bilderberger,

Trilateristen, Freimaurerlogen. Diese Organisationen sind Teil der Folklore. Es kommt daher, weil die Regierung so mächtig ist. Nur ein Bruchteil der Bevölkerung befindet sich jeweils nahe am Zentrum der Macht, obwohl das Zentrum selbst überraschend beweglich ist.«

Die Debatte, die durch die Wohnung wogte, war von Unwissenheit gekennzeichnet, aber menschlich absolut notwendig. Adriana Benko hatte ein Gerät zur Gewichtsabnahme erworben: ein vibrierendes Vinylbett. Lastivka hatte gehofft, man könne vielleicht ihre Mutter drauflegen. Stattdessen hatte Onkel George, einer der Zwillinge, sich darauf angeschnallt, während Pavlo über ihm stand und dazu die Melodie von *Row, row, row the boat* pfiff. Die Maschine brummte wie eine gusseiserne Mücke.

Stefan stand an der Schwelle und stützte sich auf seinen Stock. Sein Gesichtsausdruck wurde zunehmend besorgter. Arkady befand sich nicht im Raum. Die Menge schien blutdürstig zu sein.

»Wir müssen den Amerikanern zeigen, dass wir hier sind!«

Lastivka versuchte zu verstehen, was hier vorging.

»Wir haben so sehr gelitten in unserer langen, tragischen Geschichte! Trotzdem ist unsere Würde nie ...« Dem Redner versagte die Stimme.

»Was ist passiert?«, fragte sie Stefan.

»Sam ist im Krankenhaus von ihrem Boss geschlagen worden.«

»Sie ist doch gar nicht hier.«

»Stimmt. Sie und Edward sind in die Catskills gefahren.«

»Was machen sie dort?«

Stefan schaute seine Nichte an. Musste er das wirklich erklären?

»Waffen, wir brauchen Waffen«, schrie Adriana und rubbelte Pavlos Schenkel.

Sie verwechselte ihn mit George.
Der verdutzte Pavlo schob sie weg. Verärgert machte sie einen Satz zum Sofa, wo der Oberst saß, und streckte ihre Fäuste in die Luft, wie sie es bei den Schwarzen im TV gesehen hatte.
»Ich habe zwei davon!!«
George lachte.
»Dreh diese Vibriermaschine aus oder ich hau dir eine in die Fresse«, befahl der Oberst.
»In der Küche gibt es Messer!«
»Die nehmen wir, die nehmen wir.«
»*Allons enfants de la patrie*«, sang Adriana.
Es gibt Zeiten, in denen ein gewisser Wahnsinn erforderlich ist, Zeiten, in denen die Menschheit nicht mit weniger antworten kann. Zeiten, in denen es Christen braucht, die von Löwen gefressen werden, Juden in die Öfen gesteckt, Armenier in Würfel geschnitten. Man sieht es in den Klassikern: Agamemnon, Lysistrata. Und auch in den Religionen: Christus am Kreuz, Buddha vierzig Tage unter dem Bo-Baum, geschundene Märtyrer.
Es sei vermerkt, dass im Verlauf der Kundgebung, während der Oberst seine große Rede schwang und Adriana Lieder sang, zumindest drei Flaschen guten billigen Whiskeys und ein Viertelflasche Wodka auf kürzestem Weg beim Altglas landeten.
Die wütende Menge war in Bewegung geraten und bewegte sich jetzt durch das Treppenhaus nach unten.
»Nehmt mich mit, nehmt mich mit!« Es war Natalka, die im letzten Jahrzehnt kaum ein Wort gesprochen hatte. Sie hielt einen Gehstock in der Hand.
»Wir könnten sie tragen.«
»Sie kann selbst gehen.«
»Ich kann gehen!«

Und Natalka, die jahrelang nicht mehr zu Fuß gegangen war, erhob sich aus ihrem hölzernen Rollstuhl und machte ein paar Schritte auf die Stiegen zu. Das Publikum betrachtete sie ehrfürchtig.
Es brach in Applaus aus.
Am Stiegenabsatz wandte sich Natalka ihren Fans zu. »Das ist für Zenon«, sagte sie, bevor sie zusammensackte.
Auf dem Weg die Stufen hinunter faltete und öffnete sich ihr großer weicher Körper wie eine Ziehharmonika. Er kam erst an der Tür zum Stillstand, die im gleichen Moment von Arkady geöffnet wurde.
Die Rettung traf zu spät ein. Eine Stunde später erhielt Lastivka von einem koreanischen Arzt im Overlook Hospital in Summit die Nachricht, dass ihre Mutter tot war.
Es geschah nicht zum ersten Mal, dass eine Revolution mit einem Begräbnis endete.

Die Karpaten

Adriana Benko erzählte Lastivka von einem ukrainischen Resort in den Catskills, das sich *Die Karpaten* nannte. Am Samstag, als sie losfahren wollten, bekam Bo Bauchweh. Und was würde eigentlich mit dem Hund geschehen? Bo wimmerte, er wollte unbedingt, dass Brovko mitkam, aber Lastivka sagte: »Darka ist auch dort.« Darka war seine Cousine.

»Und?«

»Du wirst viel Gesellschaft haben. Vater wird auf den Hund aufpassen.«

Arkady musste arbeiten. Er würde sie an den Wochenenden besuchen.

Felder flimmerten grün, Pferde grasten, Menschen mit Rucksäcken und Stöcken wanderten den Straßenrand entlang. Auf einem handgeschriebenen Schild stand: *Himbeeren: Zum Selberpflücken*. Sie fuhren an Obst- und Gemüseständen vorbei und an einem Pritschenwagen mit einem Haufen alter Schuhe, gesteuert von einem Hausierer mit einem hellorangen Hemd und einem Cowboyhut. Die langen Schatten der Bäume spielten auf dem frisch geölten Kiesel. Schließlich fuhren sie einen unbefestigten Weg hinunter, an einem Schild vorbei, das halb von den Ahornbäumen versteckt war und auf dem *Karpaten* stand, und durch einen Tunnel aus Bäumen neben dem lehmigen Tennisplatz, wo Gras, Königskerzen und Goldraute kniehoch wuchsen.

Ein halbes Dutzend Bungalows säumte beide Seiten eines

kurz geschnittenen Feldes, in dem Grashüpfer, Grillen und Heuschrecken zirpten. In der Mitte stand eine Fahnenstange, auf der der Besitzer, Mr. Holowinski, jeden Morgen die ukrainische Flagge hisste, während die Nationalhymne aus einem einzelnen Lautsprecher, der an einem Baum befestigt war, in die Landschaft plärrte. Den ganzen Tag wurde Musik ausgestrahlt: die *Polowetzer Tänze* von Borodin, Arien von Mario Lanza und die Hits von *Mitch Miller and the Gang*. In einer Scheune neben dem Teich stand ein Pingpongtisch, ein Klavier, dem das eingestrichene C fehlte, ein gelblich verfärbtes Korbsofa und einige Stühle mit schimmliger Polsterung. Lastivka sah ihren Cousin Edward Zaremba neben dem Scheunentor stehen. In jeder Hand hielt er einen Drink.

Der birnenförmige Edward, ihr Nachbar aus dem unteren Stockwerk in Free Fall, war seit einigen Jahren nicht mehr nüchtern gewesen. Diese Wahl hatte er selbst getroffen. Während des Kriegs hatte Edward beschlossen, dass ihn nichts mehr, weder Armut noch Scheitern, aus den Angeln heben durfte. Was hatte Geld oder Ansehen den Juden von Rozdorizha gebracht? Denn das Leben war ein Idiotenspiel. Hatten den Richtern und Rechtsanwälten der Stadt ihre wichtigen Positionen geholfen? Und seinen Eltern, die beide von den Bolschewiken erschossen worden waren? Nur Schwachsinnige und Unschuldige wälzten Sorgen über Geld und Prestige. Der Tod war überall, lauerte an der nächsten Ecke, ständig. Edward schaffte es nicht, einen Job länger zu behalten (obwohl er es gewesen war, der Arkady die Arbeit auf der SeaLand Plant verschafft hatte). Er trieb orientierungslos durchs Leben. Er lenkte Taxis, entlud Lastwägen im Supermarkt, fegte den Boden des Bahnhofs von Free Fall. Es war ihm egal oder er erweckte den Anschein, als ob. Auch seine Frau und die Tochter schienen seine Regeln akzeptiert zu haben. Er war immer guter Laune und hielt immer einen Drink in der Hand.

Hinter ihm trat Halka aus der Tür und dann Adriana, die mit einem Strohhut winkte ... Lastivkas Herz öffnete sich: Sie war unter Freunden.

An diesem Ort benötigte sie keine Perücken. An diesem Ort, zwei Wochen im Jahr, fühlte sie sich völlig sicher. Ohne die täglichen Streitereien, die ihr häusliches Leben in Free Fall kennzeichneten, blühten ihre Lebensgeister auf. Sie kochte für die ganze Meute. Sie las viel. Und an manchen Abenden las sie laut aus den neuesten Emigrantenzeitungen vor.

Wespen nisteten unter dem Dachgesims des Vorog-Bungalows. Eines Abends wachte Bo wegen einer Fledermaus auf, die durch den Raum taumelte. Wie war sie hereingekommen, die Tür und das Fenster waren doch geschlossen? Er öffnete das Fenster und wartete, die Fledermaus krachte gegen den Spiegel, drosch gegen den Regenmantel, der an der Tür hing, und fiel schließlich in die Nacht zurück. Er saß an der Türschwelle und lauschte den Haubentauchern.

Nach dem Frühstück machte Bo sich mit Stefan auf den hinter Weiden versteckten Forstweg, der auf der anderen Seite des Teichs, am Waldrand begann. Der Weg war schmal und sie gingen im Gänsemarsch, Stefan fünf Fuß voran, mit seinem Stock wedelnd.

»Das ist eine Strohblume, das ist ein Schildkrötenkopf und dieses hübsche kleine Ding, das einer Orchidee ähnelt, das ist ein Rührmichnichtan. Auf Latein heißt es *Noli me tangere*. Ich hab Mädchen gekannt, die so waren. Nein, im Ernst, mein Kind, weißt du, woher die Bezeichnung kommt? Unser Herr und Erlöser Jesus Christus hat diese Worte am Weg durch die Menge gesagt, als ihn jemand berühren wollte. Er behauptete damals, ein Teil seiner Tugenden hätte ihn verlassen ... Wenn ich da nichts durcheinander bringe.«

»Warum wollten Ihn die Leute denn berühren?«
»Weil Er so *gut* war.«
»Wie die Beatles.«
»Wer?«
»Die im Radio.« Niemand in diesem Haus wusste je, worüber der andere sprach.
»Wir werden nie mit Amerika Schritt halten können. Was bringen sie euch eigentlich in der Schule bei?«
»Bleistifte spitzen.«
»Eine nützliche Sache«, parierte Stefan wie aus der Pistole geschossen. »Bald wirst du die Bleistifte, die ich mit meinem armen Rasiermesser zusammenschnipple, nicht mehr verwenden wollen. Nächstes Jahr solltest du mit Latein beginnen.«
»Vielleicht will ich, Onkel, aber nicht vor der achten Klasse.«
»Bis dahin solltest du wollen.«
»Eine nackte Frau nennt man *dude.*«
»Solche Sachen bringen sie euch bei?«
Frösche quakten im Teich, der beinahe gänzlich von den Büschen verdeckt war. Wenn man einen Ort wie diesen sah, erklärte Stefan, bringe einem das ein paar zusätzliche Lebensjahre ein. Denn unsere Augen, fügte er hinzu, ernähren uns mindestens ebenso wie unser Magen.
Licht schnitt sich einen Weg durch die Bäume. Der Wald auf beiden Seiten erzeugte Schatten. In seinem Inneren lagen Kiefern und Birken, durch Blitzschlag oder Fäulnis hingestreckt. Bo erinnerte sich an Stefans Geschichten über Toor, der auf Apfelbäumen gesessen war wie auf Stühlen.
Spinnennetze kitzelten seine Wangen, als er durch einen Bogengang wilder Rosen schritt. Er schaute in die Blume, sie glänzte rot und war mit Wasser benetzt wie ein frisch gewaschener Apfel. Millionen winziger Mücken, energischer

Moskitos, gebieterischer Libellen. Er spürte, wie sich etwas knapp unter oder knapp über seiner Haut befreien wollte.
Sie kamen an einer Wiese vorbei, deren Gras mit winzigen Spiegeln gesprenkelt war, als hätte es nur dort geregnet und sonst nirgendwo.
Oben auf der Böschung stand eine majestätische Eiche in der Form eines verkehrten J. An zwei Haken hing eine hölzerne Schaukel.
»Setz dich«, befahl Stefan.
Er legte seinen Stock zur Seite und gab Bo einen Stoß, worauf dieser in Richtung Sonne flog wie ein Ball an einer Schnur.
Nach einiger Zeit traten sie den Rückweg an. Es war schwierig, mit Stefan Schritt zu halten, er erinnerte Bo an einen Fuchs, Schnauze voran, der straffe Körper durch die Luft schießend.
Aus dem Wald tauchte ein sehr merkwürdiges Haus auf. Seine Mauern waren aus weißem Stein, mit einem Strohdach und rundherum Sonnenblumen, die wie Wachposten hin- und herwippten.
In der Einfahrt stand ein weiß gekleideter alter Mann. Weiße Hosen und ein schneeweißes Hemd, das ihm wie ein Rock bis über die Knie herabhing. Aus seinem weißen Bart ragte ein kleiner grauer Kopf mit schmalen Schultern: Ein Eichhörnchen kletterte über seinen Brustkorb und sprang zu Boden.
»Wie heißt der Junge?«
Stefan stellte ihn Semenko, dem Barkeeper, vor.
»Du bist klein«, sagte Semenko.
Bo starrte auf das Eichhörnchen, das an einem Sonnenblumenkern nagte. Das Haus bestand aus einem Zimmer, in dem ein großer Tisch aus Kiefernholz stand und um ihn vier Sesseln. In der Ecke war eine Bettstelle. Die Gäste setzten

sich an den Tisch, während der Barkeeper in der Küche rumorte. Er brachte jedem von ihnen einen Teller, auf dem Gold aus Honigwaben sickerte. Bo fühlte sich wie in einer Kirche. Der alte Mann sprach ein rasches Gebet. Am Ende sagte er: »Esst«, und er lachte.
Bo biss zu und kaute auf dem Wachs. Es schmeckte warm und fremd. Er wischte sich mit dem Handrücken über seine Lippen, was hier keinen störte.
Die Männer redeten und Bo verließ den Tisch und trottete um das Haus. Als Erstes sah er einen Bienenstock, der auf Stelzen stand. Die Bienen nahmen keine Notiz von ihm, sie schwirrten um verfaulte Äpfel und fielen über die kleinen weißen Blumen her. Er folgte dem Eichkätzchen, das durch die Blätter wuselte.
Die ganze Welt schwebte vor seinen Augen. Zum ersten Mal sah er die Dinge so, wie sie wirklich waren.
Stefan verließ das Haus erst, als die Sonne schon tief am Himmel stand. Sie gingen denselben Pfad zurück, aber Bo kam nichts bekannt vor. Innerhalb weniger Stunden hatte sich alles verändert.
Beim Gehen fühlte Stefan, wie sich die Alte Welt in Nebel auflöste. Alle diese Frauen – Schweiß auf Schweiß, die Küsse, die Lippen – verblassten und der einzige sinnvolle Grund, wieso überhaupt irgendetwas geschehen war, bestand in ein paar Namen und Erinnerungen, die er weitergeben konnte.

An den Abenden versammelten sich alle in der Scheune.
Sie kamen in Abendkleidung: Die Frauen, in langen Kleidern, dufteten nach Parfum; die Männer trugen Krawatten.
Sie sangen Lieder, diskutierten, erzählten Geschichten.
Der Richter Kaminsky sagte: »Hab ich euch einmal erzählt, wie ich mich in einer Zelle mit einem Vergewaltiger wiederfand, den ich selbst verurteilt hatte? Das war eine Ge-

schichte. Natürlich war ich politischer Gefangener, kein Verbrecher. Der Diener der anderen Weltanschauung. Aber als ich da mit meinem Vergewaltiger-Freund saß, zählten Politik und Weltanschauung nicht mehr so viel. Meine Gedanken waren düster. Meine Hände zitterten. Und weißt du, wer mich rettete? Eben dieser Vergewaltiger. Nachdem er einige Tage kein Wort von sich gegeben hatte, kam er auf mich zu und sagte: *Ich kenne Sie, Sir. Sie sind der Mann, der mich hierher geschickt hat.*« Und er entfernte sich. Statt dass er mich umbrachte, saß er in seiner Ecke und betete den Rosenkranz. Ich glaube, er betete wirklich den Rosenkranz. Sein Schuldgefühl hatte ihn dazu gebracht.«

»Was wir brauchen«, sagte Pavlo, »ist eine Revolution. Wir müssen eine Revolution organisieren.«

»Worüber sprecht ihr überhaupt? Das haben wir doch längst versucht«, sagte Adriana.

»Schuldgefühl«, sagte Oberst Levko, schnupfte auf und schob seine Drahtbrille nach oben, »ist das dümmste Gefühl der Welt. Das Selbstmitleid des Biedermanns. Und völlig vorhersehbar. Es gibt Leute, die aufwändig leben, wenn sie eine Glückssträhne haben. Und sobald die Strähne reißt, hebt die Jammerei an und das Mea Culpa.«

»Ist jemand für *Stuk-puk* zu haben*?«,* fragte George.

»Ich bin anderer Meinung«, konterte der Richter. »Man hat kein lebendiges Seelenleben, wenn man nie Schuld gefühlt und überwunden hat. Das ist vielleicht nicht angenehm, aber notwendig. Ihr könnt euch gar nicht vorstellen, wie oft ich schlaflos im Bett lag, weil ich grübelte, ob ich in einem Fall die richtige Entscheidung getroffen hatte. Aber ich bin der Überzeugung, dass mich mein Gewissen zu einem besseren Richter macht.«

»Gewissen«, schnauzte Oberst Levko dazwischen. »Gewissen wurde vom Menschen erfunden, um sich und seine jüngeren Brüder zu quälen. Ich bin für tausende Tode verantwortlich. Und der Gedanke daran plagt mich nicht im Geringsten.«

»Du hast seit Jahren keine einzige Nacht durchgeschlafen, Levko, und das wissen wir alle.«

»Du verstehst wie üblich absolut nichts. Meine Schlaflosigkeit ist vererbt. Mein Vater war ein leichter Schläfer und mein Großvater ebenfalls. Leben bedeutet Bewegung. Kann sein, dass ich hier und da Fehler begehe, aber sie beunruhigen mich nicht. Die Religion tut das, wissen Sie? Sie verweichlicht. Nur Feiglinge haben Gewissensbisse. Mein Vorbild ist der große Cunningham Grahame, der einmal gesagt hat: *Abziehen werde ich niemals.*«

»Fragt sich nur, was seine Frau dazu sagte …«

»Denk an Napoleon und Ney in Friedland und Borodino!«

»Die Schlacht von Leipzig!«

»Und wieso?«

Adriana bekannte: »Wieso was? Mein Gott, bin ich verwirrt!«

»Selbstverständlich vertraute Napoleon den Habsburgern. Wir hätten es besser gewusst. Schließlich mussten wir unter diesen verdammten Österreichern leben. Er hatte geglaubt, dass ihm seine Hochzeit mit der Tochter des Kaisers die Infanterie des alten Mannes einbringen würde.«

»Warum eigentlich immer Napoleon? Lass uns doch über Khmelnitsky sprechen oder Mazeppa …!«

»Bila Tserkva!«

»Du kannst nicht Gott und Napoleon gleichzeitig dienen.«

»Gebt dem Kaiser …«

»Ja gut, aber das ist der direkte Weg in die Hoffnungslosigkeit …«

»Napoleon hat mehr für die Demokratie getan als eine Million Kennedys …«

»Weißt du, dass er nur sechs Stunden schlief? Egal, zu welcher Tageszeit. Eine Stunde hier, eine Stunde da.«
»Khmelnitsky war ein Verräter.«
»Man sieht wieder, meine Theorie über Liebe und Krieg stimmt doch noch immer. Wenn man sich überlegt, ein Mann wie Napoleon, von beiden seiner Ehefrauen betrogen! Josephine war eine Schlampe und Marie Thérèse lebte offen mit Neipperg!«
»Du weißt, dass er glaubte, die Einstellung sei das Wichtigste, um einen Krieg zu gewinnen. Und genau die benötigen wir Ukrainer ...«
»Glauben ...«
»Charakter ...«
»Aber in den Vereinigten Staaten ist das unmöglich. Wir sind einfach nicht angelsächsisch genug. Wir sind ein anderer Menschenschlag.«
»Ja, aber in dieses Land muss sich jeder erst hineinkämpfen. Die Briten und die Franzosen haben einander ursprünglich auch gehasst. Die Puritaner flüchteten vor der Folter, aber auch die Indianer erwarteten sie nicht mit offenen Armen. Jeder geht hier zuerst einmal durch die Hölle. Man muss diese Phase einfach durchstehen.«
»Was für eine Arroganz«, platzte der Richter dazwischen, der in die Debatte zurückfinden wollte, die er vorhin mit dem Oberst geführt hatte. »Du leugnest die einzige Aussicht des Menschen auf persönliche Erlösung!«
»Falsch! Er ist nicht arrogant. Im Gegenteil«, warf Stefan ein. »Merkt ihr nicht, dass jeder, der ein System akzeptiert, sei es das von Hegel oder das von Marx, automatisch behauptet, die Wahrheit gefunden zu haben? Der Oberst ist immerhin vorurteilslos.«
»Du willst mich wohl verarschen, Stefan.«
Stefan zuckte mit den Achseln.

»Aber so bist du eben. Du bist und bleibst ein Zyniker. Du ziehst alles ins Lächerliche. Hast du uns je erzählt, was du selbst denkst? Du hältst dich aus allem raus. Gott und Land sind dir komplett egal. Ich weiß ja auch nichts über Gott, er ist mir fremd. Aber mein eigenes Land, zumindest das kenne ich.«

»Zum Teufel mit dem Gerede«, sagte eine Stimme aus der Richtung des Kamins und fügte hinzu: »Trinken wir lieber einen Schluck auf die sanitären Einrichtungen der Häuser. Ohne die würden wir an einem Ort namens Scheißfluss sitzen.«

»Sag uns doch endlich, was *du* glaubst ...«

»Ich glaube an individuelle Akte menschlicher Güte«, sagte Stefan, »keine große Rhetorik über das Allgemeinwohl. Wenn du die Möglichkeit siehst, einem Menschen zu helfen, dann tu es und halt den Mund. Ihr Atheisten«, er wandte sich zu Kaminsky, der gerade widersprechen wollte, »krönt in euren verwirrten Gemütern das Gewissen und köpft anschließend den König. Durch diese Aufwertung des individuellen Gewissens schafft ihr die Bedingungen für eine Physik der Sittenlehre. Als Ausgleich für jede sogenannte böse Tat zwingt ihr euch, eine Erlösungstat zu setzen. Sünde. Reue. Ihr verschwendet eure Leben mit diesem moralischen Pingpong. Oder ihr stürzt – wie Sie, Oberst – das Gewissen, kümmert euch nur um euch selbst und keucht vor Erregung angesichts eurer eigenen Machtfülle, wenn sich keiner findet, der euch bestraft. Ich glaube an etwas völlig anderes ...«

»Das Problem mit den Bauern«, sagte Pavlo zu Adriana – das Paar war zu der Kiefer neben der Garage hinausgetreten –, »ist, dass sie Reichtum immer nur in Form von Grundbesitz sehen können. Sie haben das *Kapital* einfach nie verstanden!«

Adriana lächelte. Drückte ihre Hüften an seine. Er begann sie zu küssen, er presste seine Handfläche gegen ihre schwere Brust.

»Gnade«, sagte der Richter und kratzte seinen linken Fußknöchel mit dem rechten Fuß. »Lächerlich. Man kann in unserer Zeit wirklich nicht von einem funktionierenden Christentum sprechen. Unmöglich.«
Ein paar Schritte weiter imitierte George die Amerikaner. Er lachte herzhaft, donnerte die Pranke auf einen imaginären Rücken, schüttelte eifrig und begeistert eine imaginäre Hand.

Unter der Kiefer, bei der Garage, stöhnte Adriana. Sie hatte den Rock über ihre Hüften hinaufgezogen und ihr Unterhöschen in der Tasche verstaut.

Stefan sagte: »Seltsam – ihr seht mich als Christen in einem Nest von Heiden.« Er wollte das gerne selbst glauben. »Eure Gegenargumente sind beschränkt. Hochmütige Geister haben immer den Glauben in Frage gestellt. Die Geschichte kann nicht auf einen allgemeinen Fortschritt von Gott weg hinauslaufen, Gott ist schon von der Definition her das Dauerhafte. Nur die Namen und die Verkleidungen ändern sich. Die Wahrheit ist ja bekanntlich nicht statisch oder parteiisch. Sie verlagert sich im Laufe der Zeit. Sie möchte, dass wir nachdenken. Der Mann, der seine Seele gefunden hat – und die Seele ist etwas Unsterbliches, das zum Körper gehört –, hat den wichtigsten Kampf seines Lebens gewonnen. Man könnte es auch anders sagen: Sein Leben hat gerade begonnen.«
»Was ist denn die Seele anderes als das Gewissen?«, fragte der Richter.

Bevor Stefan antworten konnte, gab Lastivka bekannt, es sei Zeit für Kaffee und Nachspeise. Die Menge bewegte sich in Richtung des Vorog-Bungalows.

»Komm runter, Junge«, rief Stefan zu Bo, der wie ein Kletteräffchen am Dachbalken hing.

Aus seiner vorteilhaften Perspektive sahen die Erdbewohner klein und erbärmlich aus. Bei den Worten Stefans streckte er, entsprechend seinen persönlichen Überzeugungen, die Zunge heraus.

»Junge, ich bin zu alt, um zu dir hinaufzuklettern. Komm runter, dann verrate ich dir ein Geheimnis.«

Bo hüpfte nach unten und stellte sich neben ihn. Er schloss seine Augen und verstopfte seine Ohren mit den Fingern. Stefan wusste, dass das seine Art war, zuzuhören.

»Das Leben ist eine einfache Sache, mein Junge. Es fällt einem manchmal schwer, das zu erkennen. Man gerät so leicht durcheinander. Wenn du den Leuten da unten glauben würdest, wärst du in einer Woche verloren. Lass dir nur nie von jemandem weismachen, dass das Leben nicht das einfachste Ding der Welt ist. Man muss nur seine Augen offen halten. Was die großen Geheimnisse des Lebens betrifft, die tiefen Mysterien ... vergiss es. Wann immer dich eine triviale Angelegenheit plagt, das Zerbrechen einer Liebe oder die Telefonanrufe von Gläubigern, sage dir vor, dass du etwas viel Wichtigeres besitzt – nämlich eine große Wahrheit. Denn das tust du zweifellos. Du sitzt auf ihr.«

»Denk an die Eichel auf dem Baum. Fürs erste. Du kannst aber auch irgendetwas anderes nehmen. Sandkörner. Irgendwas. Denk einige Stunden lang an die Eichel – woher sie kommt und woher ihre Ursprünge kommen. Folge dem Gedanken bis zum Ende. Ich kann dir versprechen, wenn du lange und konzentriert genug an eine einfache Eichel denkst, werden diese Gedanken einen Baum aus Licht erblühen las-

sen und du wirst seinen Stamm erklettern und über die Äste und Zweige der Helligkeit spazieren. Und wenn du möchtest, wirst du für immer dort bleiben können.«
»Ich hab Hunger«, sagte Bo.

»Lass uns ein Feuer machen«, sagte Bo zu Darka.
Die Abenddämmerung fiel ein und die Moskitos begannen zu stechen.
»Okay«, sagte seine Cousine.
Sie sammelten Reisig und Zweige und schleppten sie zu ihrem Indianerdorf. Bald warf das Feuer ihre Schatten gegen die Bäume.
Bo sagte: »Lass uns ringen.«
Er zog seinen Pullover aus. Darka ließ ihre Jacke an. Sie gingen in die Hocke. Er drückte seine Fingerknöchel ins Gras und lächelte gespannt. Darka schüttelte ihre Arme, um sich aufzulockern. Sie nieste, fuhr sich mit dem Handrücken über die Nase. Bo sprang nach ihren Beinen. Er fasste sie am Fuß und sie fiel kreischend auf den Boden, aber das Gras war dicht und dämpfte den Sturz. Er nützte ihre Verwirrung, um sich auf sie zu stürzen. Er war obenauf, bohrte seine Schulter in ihren Bauch, rückte nach oben, rieb an ihren kleinen Brüsten und rollte sich über sie. Seine Handflächen strichen über ihren Bauch und dann wieder über ihre Brüste, machten sie flacher, obwohl sie ohnehin klein waren. Seine Hand streckte sich nach ihrem Oberschenkel aus. Er drehte sie herum, seine Hand war jetzt zwischen ihren Beinen. Sie kreischte und seufzte. Seine Hand berührte ihren Hintern, drückte ihre Beine nach oben, ging tiefer zwischen die Beine. Sie schloss ihre Augen. Sie fühlte einen eigenartigen Glückszustand, als müsste sie lächeln, aber da schnitt ihr ein Stein in die Schulter und weckte sie aus ihrer Trance. Sie setzte sich auf, stieß den erschrockenen Jungen

weg. Dann drückte sie ihm die geschlossene Faust an die Schläfe.
Beide saßen ein paar Minuten im Gras.
Darka lachte.
»Schlafenszeit«, rief Lastivka vom Bungalow.
»Ich mache das Feuer aus«, sagte Bo.
»Es ist schon aus.«
»Nein, die Funken da …«
»Jetzt komm schon, fang mich doch …«
Sie lief los, er warf einen kurzen Blick auf die Feuerstelle und dann nahm er die Verfolgung auf.

Mitten in der Nacht erwachte er von Schreien. Er zog die Decke über seinen Kopf.
Aber die Schreie waren lauter als gewöhnlich.
Er stieg aus dem Bett.
Das Feld war übersät mit Menschen und es war ungewöhnlich hell. Da begriff er, dass der Tennisplatz brannte. Rote, goldene und weiße Flammen peitschten über den Himmel wie Gewitterblitze, die aus der Erde spritzten. Er rannte ins Freie. Leute hasteten mit Eimern und Wasserbehältern an ihm vorbei. Er winkte Darka auf der anderen Seite des Feldes, aber sie bemerkte ihn nicht.
Er ging zur Fahnenstange und wartete. Schließlich kam Darka zu ihm. »Was sollen wir tun?« Er sah sie an. »Was sollen wir ihnen sagen?«
»Sie wissen es schon.« Darka weinte.
Mr. Holowinsky hatte zwei Schläuche aus der Scheune in Betrieb, einen dritten aus dem Haus. Zum Glück hatte er kürzlich Paprika und Tomaten gegossen und einer der Schläuche war schon bereitgelegen.
Sie beobachteten, wie Mr. Holowinsky unter enormem Getöse mit seinem Traktor in Richtung des Feuers fuhr. Der

Traktor schob Haufen von Dreck vor sich her. Bald hatte er das Feld mit einem Wall aus Erde umgeben.
Als sie wieder zu Bett gingen, wurde es schon hell.
Am nächsten Morgen schien Lastivka weniger entspannt zu sein als sonst. »Zeit, zu packen«, sagte sie.
Ihr Gesicht war lang und traurig. Bo wusste, dass sie am glücklichsten war, wenn sie mit dem Geist ihres Vaters gesprochen hatte.
»Beeil dich, Liebling, nimm deinen Koffer.«
Er hob sein kleines Gepäckstück auf und ging durch das Esszimmer in den Flur. Ein heißer Tag stand bevor. Der Tennisplatz war schwarz. Seine Mutter räumte Gegenstände ins Auto, das Arkady zum Bungalow gefahren hatte.
Sein Vater saß an einem Tisch auf der Veranda. Auf dem orangefarbenen Platzdeckchen vor ihm stand eine leere Kaffeetasse, die Zeitung lag offen daneben. Als er aufblickte, schien er Bo nicht zu erkennen. Seine Augen verdunkelten sich.
Bo erstarrte.
»Weißt du, wie viel mich der Spaß kostet? Ist dir das überhaupt klar?«
»Sehr viel, Vater.«
»Mehr als du je begreifen wirst.« Arkady stierte in die Zeitung. »Geh und hilf deiner Mutter.«
Bo ging langsam davon.
Er war in Sicherheit, außer Reichweite, als er das kratzende Geräusch des Stuhls auf dem Boden hörte. Etwas Schweres landete in seinem Nacken, er fiel nach vorne, stolperte, fiel zu Boden.

Abu Dhabi

Um Thanksgiving herum, ein Fest, das im Haushalt der Vorogs erneut ungefeiert blieb, zog sich der schlaflose Stefan, der im letzten Jahrzehnt kaum eine ganze Nacht durchgeschlafen hatte, eine Verkühlung zu.
»Marsch ins Bett«, befahl Dr. Hlib und nahm einen Zug von einer Pall Mall.
Stefan lag im Dachzimmer und schnitt der Odaliske von Ingrès Grimassen. Er hatte sein Leben verschwendet.
Über seinem Kopf hing ein hölzernes Kreuz mit einem geschnitzten Christus. Einer der Nägel war locker geworden. Die Figur stand nicht mehr auf zwölf Uhr mittags, sondern auf ungefähr zwanzig vor zwei.
An der Wand stand der Kiefernholztisch, mit Ablagefächern, vollgestopft mit Umschlägen, Bleistiften, Pfeifenreinigern, Briefmarkenpäckchen. In Stefans Bücherregal standen Alben, Kunstbände, historische Wälzer und auch die diversen Skizzenbücher mit Aufzeichnungen der Projekte, denen er sein ganzes Leben lang erfolglos nachgegangen war, unter anderem seine *Aufzeichnungen für eine Theorie der Ehe* und die *Geschichte von Rozdorizha.*
Ein paar weiße Haare ringelten sich über seine Kopfhaut. Sein Schnurrbart und sein Kinnbart waren streng um die pausenlos rinnende Nase geschnitten. Sein rechtes Auge schaute geradeaus, während das linke etwas zügellos in seiner Höhle umherrollte.
Seine knotigen, mit Strümpfen bedeckten Füße steckten wie

Glühbirnen unter der Steppdecke. Und er war einst Casanova genannt worden.

Er hustete, nieste und versank in einem Kleenex-Hügel.

Eines Morgens visierte Lastivka mit einem Löffel Erbsensuppe seinen Mund an, und da explodierte er: »Ich will das nicht!« Der Löffel entglitt ihr, die Suppe färbte die Steppdecke grün.

Er starrte auf die filigranen Blätter der Ming-Aralia. Schande, was für eine Schande. Was war das für ein Benehmen? Seine Lippen pressten sich übel gelaunt zusammen. *Lass mich in Ruhe. Es ist noch nicht einmal Mittagszeit. Sünder brauchen lange Schweigephasen für ihre Reflexionen.*

Lastivka saß steif da. Sie war gerade von der Messe gekommen, sie roch nach dem Ziborium. Diese Fanatiker unternahmen eine tägliche Pilgerfahrt.

Trunkenbolde. Saufköpfe.

Nein, sagte er sich vor, reiß dich jetzt zusammen. Es stand ihm nicht zu, über die anderen zu richten. Religion war die Wissenschaft der Gefühle. Es schadete nicht, wenn die Leute den historischen Triumph der Nächstenliebe über den Konkurrenzkampf im Gedächtnis behielten.

Benimm dich, wenn du schon der Nutznießer ihres frommen Wesens bist.

Lastivka standen Tränen in den Augen.

Tränen! Überall Tränen! Er würde noch in ihnen ertrinken. Sie war hingegen bestimmt aus härterem Holz geschnitzt. *Der Krieg, denk an den Krieg. Kinderkörper liegen in den Straßen und die Fliegen schwirren um sie herum.*

Er fühlte sich wie ein Stück Scheiße. Er erinnerte sich an das erste Mal, als er sie gesehen hatte. Gelegentlich, wenn er jemanden zum ersten Mal sah, stellte er sich diese Person als Kind vor. Der Polizist umklammerte eine Spielzeugpistole; die Albinofrau an der Supermarktkasse zog an den Zöpfen

ihrer Schwester; der Penner im Park schrumpfte, seine Haut wurde straffer, die Gesichtsflecken blasser, pfirsichfarben; der Angestellte im Schnapsladen hatte wieder Zähne wie Narzissen, die Hoden an den Penis geklebt, quadratische Schultern und einen Babyspeckpudding, der über karierten kurzen Hosen schwabbelte.
Aber Lastivka hatte er als kleines Mädchen gekannt.
Hatte sie sogar verschreckt. Er war der schwierige Bruder ihres Vaters, kurz in der Stadt auf einer seiner Missionen (ein Treffen mit Trotzki? Lenin?). Sie stand in der Tür zwischen Vor- und Wohnzimmer, hielt einen ausgestopften Schmetterling im Arm, eine Sechsjährige mit dichten blonden Locken, die im Licht der Gaslampe glitzerten, ihre Unterlippe zitterte, sie hatte Angst, sich zu nähern, bis er sich hinkniete und sanft miaute. »Möchtest du eine Schaumrolle?«
Lebensmittel waren Opium, Penicillin, Ambrosia. Sie war nach ihrer Mutter geraten. Er nahm sich zusammen. Wie viele Jahre musste man wohl üben, um endlich zu einem Menschen zu werden?
»Ein Stück Mazze würde mir genügen.«
Sie brachte einen Apfel.

Das Verhalten seiner Familie beunruhigte ihn. Jeder schien ihm beteuern zu wollen, was für ein hervorragender Kerl er sei, der mindestens ein weiteres Lebensjahrzehnt zu erwarten oder zu befürchten hatte. Aber in ihren Gesichtern las er etwas anderes. Sie glotzten ihn an, als wäre er bereits entwässert, einbalsamiert, geschminkt. Sie schafften es nicht, ihre Neugier zu zügeln: So also sah das aus. Die Erinnerung an die Leichen im Krieg war allmählich verblasst. In ihren Gesichtern stand Interesse.
Warum stellten sie ihm keine Fragen?
Ich gehöre nicht mehr zu ihnen, dachte Stefan.

Für seine Familie war er ein gealterter Diplomat, ein *homme du monde,* früherer Bewohner der »Stadt des Lichts«, vielleicht auch ein Verräter.

Er hätte gerne erzählt, was ihm tatsächlich widerfahren war, er hätte gerne Dinge gebeichtet, die er bisher verborgen hatte. Es verwunderte ihn zutiefst, dass er plötzlich in einer Welt lebte, wo niemand Katharina Schratt kannte oder das Drama von Mayerling betrauerte, wo der Kronprinz dieser Hure Vetsera zum Opfer fiel, oder die Geschichten über Prinzessin Pauline Metternichs Partys, dem Gefummel und den Seufzern in den Garderoben während der Wohltätigkeitsbälle, oder die Linzer Torte im Hotel Imperial. Einst hatten Erzherzoge die Straßen in kristallenen Kutschen überquert. Der Kaiser fuhr durch den Prater in einer Kutsche aus Gold und Glas, gezogen von acht Grauschimmeln, umgeben von Soldaten und Gendarmen mit Efeuzweigen an ihren Helmen.

Jahre der Herrschaft und des Luxus.

Im Jahr 1916 war er 21 Jahre alt geworden und die Zeppeline attackierten Paris. Es war das Jahr der Schlacht von Verdun, des Osteraufstands, des ersten Panzers. Das Jahr, als Kaiser Franz Joseph endlich abkratzte, viele meinten, um drei Jahrzehnte zu spät. Rasputin wurde in diesem Jahr ermordet. Wenig später erhielt Max Planck den Nobelpreis für die Quantentheorie, die Stefan ein halbes Jahrhundert später noch immer nicht verstand. Welches dieser Ereignisse hatte auch nur im Entferntesten mit ihm zu tun? Sie hatten in einem Jahrzehnt stattgefunden, in dem er keinen einzigen Tag nüchtern gewesen war.

Später hatte er in Marseille im Bordell gearbeitet. Die Mädchen hätten sicher gerne eine Party zu seinem vierzigsten Geburtstag veranstaltet, aber unter diesen Umständen schien es unpassend zu sein.

Im Jahr 1946 feierte er seinen Geburtstag in einem Flüchtlingslager in Deutschland.
Ungefähr zur Zeit seines 75. Geburtstags beendete er seine Karriere als Angestellter bei Woolworth's. Es gab eine Party, aber mit dem Herzen war er nicht dabei.
Lächeln, sagte er sich. Wenn sonst nichts geht, werden wir diese Amerikaner durch unser Lächeln bezwingen. Freundlichkeit. Freundlichkeit wird uns durchbringen.

Bo sprang die Stiege hinauf. Manchmal half ihm Stefan in Geschichte; an anderen Tagen saß der Junge an seinem Bett und sie blätterten durch Briefmarkenalben.
»Abu Dhabi«, sagte Stefan, »das klingt wie aus einer arabischen Zauberformel.«
Sie spielten das Abu-Dhabi-Spiel.
»Verstehst du, ich mache das, weil mein Herz schwer ist vor Langeweile.«
Bo senkte seinen Kopf und summte etwas vor sich hin.
»Hobbys sind was für die Besiegten«, sagte er zu dem Jungen. »Früher glaubte ich, ich würde das Alter genießen, wenn ich endlich frei wäre von dem, was Aischylos die *Verrücktheit der Geschlechter* genannt hat. Das war unangebrachter Idealismus. Ich würde viel lieber ein Pferd durch einen dunklen Wald reiten und dabei geile Gedanken haben oder mit einem Dorfmädchen durch das Gras rollen. Dorfmädchen sind überhaupt die besten Mädchen.«
»Mach dich nicht über mich lustig.«
Er brach zusammen. Ein Mann, der sein Leben verschwendet hatte. Plötzlich wurde er ernst: »Fordere deinen Platz im Leben, mein Junge, fordere ihn ein. Sei niemals schüchtern. Die Welt ist nicht besonders zerbrechlich. Sie wartet darauf, dass du deine Spuren hinterlässt. Fordere deinen Platz im Leben. Die Welt wartet auf deine Forderungen!

Denk daran, dass du hier bist, weil sich deine Eltern gegen die Feinde der Amerikaner erhoben haben. Vergiss das nie. Wenn sich jemand je für den Fall deiner Eltern interessiert, dann nicht wegen ihnen persönlich, sondern wegen der Seite, auf der sie standen. Sie standen auf der richtigen Seite, mein Sohn. Diese Seite sprach sich für Besitz und persönliche Verantwortung aus. Du musst dir klar sein, an welche Ideale du glaubst. Das ist das Um und Auf. Denk immer zuerst an den Grund, wieso du hier bist.«
Dann spielten sie das Briefmarkenspiel. Jeder erfand ein Land, für das er eine Briefmarke entwarf. Bos Republik hatte lange Nächte für Träume, Sonnentage, die Jahrzehnte lang dauerten, an denen man am Ufer des Flusses spielen konnte, warmen Schnee, über den man mit Badezeug bekleidet Schlitten fahren konnte, und die Schule war abgeschafft. Stefan forderte ein Land von Frauen mit duftendem Haar und leisen Stimmen. »Leise Stimmen kann man aber nicht zeichnen«, bemerkte Bo.
»Warmen Schnee auch nicht«, parierte Stefan.
»Komm runter und hilf mir«, rief Lastivka und der Junge folgte seiner Mutter.

Wenn man nachlässig genug ist, ein Land und einen Kontinent zu verlieren, dann verdient man, was man kriegt.
Das Licht des Nachmittags kroch über den Boden, gesiebt durch die Kiefern. Die Blätter der Marante erhoben sich von neuem, wenn er nicht hinschaute.
Auf Wiedersehen, Sonne.

Unter seinen Besuchern war Claudia, die Frau, mit der Stefan im Woolworth's gearbeitet hatte.
Ihre dunkle Haut erinnerte ihn an Mrs. Glick. Feuchte Augen, in denen er schwamm.

»Wie fühlt sich das verheiratete Leben an?«
»Es ist ein anderer Zustand.«
»Sie sagen das so, als wäre es eine Etappe am Kreuzweg.«
»Lachen Sie nicht, Mr. Z.«
»Nein, gar nicht. Aber wissen Sie, günstiger wäre gewesen, Sie hätten mich geheiratet.« Er streckte die Hand aus, um sie zu kneifen. »Ich bin am Sterben, Schätzchen.«
Sie wurde ernst und er bereute sofort seine Worte.
»Es ist keine schlimme Sache. Es könnte zu keiner besseren Zeit geschehen. Kennen Sie die Geschichte von Buddha und dem Senfkorn?« Er kniff sie in die Wange. »Eine Frau, die ihr Kind verloren hatte, bat Buddha, er solle es ihr wieder verschaffen. Er antwortete ihr, wenn sie ihm ein Senfkorn bringen würde von einem Haushalt, in dem nie jemand gestorben sei, dann würde er ihren Wunsch erfüllen.«
John Blacklips, der Briefträger, kam einige Male vorbei. Er war ein Penobscot-Indianer aus Maine. Nach dem Tod seiner Frau, die bei einem Kanuunfall ertrunken war, hatte er das Reservat verlassen. Aus irgendeinem Grund nannte er Stefan *Professor*. In letzter Zeit sprach er viel darüber, dass er »seine Leute« vermisste.
»Schau mich an«, erklärte ihm Stefan. »Ich bin Tag und Nacht an diese Ukrainer gefesselt. Ich ersticke. Sogar bei Woolworth's hatte ich mehr Luft. Es sind überall dieselben. Am liebsten wäre ihnen, ich stürbe morgen.«
John nickte. »Verstehe, Professor. Aber das Licht und die Stimmen. Sie sind einfach nicht dieselben. Ich vermisse Maine so unglaublich stark. Ich sage mir selbst, dass die Leute überall dieselben sind. Aber mein Herz sagt, nicht alle Leute sind deine Leute.«
»Ich weiß«, sagte Stefan und starrte auf die Odaliske.
Diese Vielfalt.
»Was haben Sie im Krieg gemacht?«

»Ich war in einem Lager.«
»Und im Ersten Weltkrieg?«
»Da war ich sieben und habe mit meinem Bruder gerauft.«
»Ich habe meine Leute vor langer Zeit verlassen. Ich konnte gar nicht schnell genug wegkommen. Ich hasste sie, hasste ihren Geruch, ihre Gewohnheiten, ihre Dummheit. Das alles war Gift für mich.«
Aus dem unteren Stockwerk hörte man den Familienstreit.
»Das erlaube ich dir nicht.«
»Für was hältst du dich eigentlich?«
»Es ist mein Geld.«
»Dann mach doch du die Putzarbeit. Wasch du doch Stefan und den Hund. König von was? Von nirgendwo.«

Stefans Gebissreihen knirschten. War er noch zu irgendetwas zu gebrauchen? Nicht einmal Bo brauchte ihn. Er redete sich ein, dass er dem Jungen Geografiestunden gab, aber in Wirklichkeit musste er zugeben, dass es Bo war, der ihn unterhielt. Er hatte seinem Bruder versprochen, dass er für Frau und Kind sorgen würde, und er hatte es versucht. Aber die Dinge kamen meist anders als man dachte.
Er stellte seinen Tee hin und massierte den Spinnenbiss an seinem Handgelenk. Er hatte ein Jahrhundert verschwendet. Es war nicht gerade wahrscheinlich, dass ihm ein weiteres Jahrhundert vergönnt sein würde. Immerhin gab es eine Versicherungspolizze. Nicht viel Geld, fast gar nichts, aber es würde ein paar Jahre College für Bo bezahlen.
Er tupfte sein Auge trocken mit einem Taschentuch mit Monogramm. Orangensirup auf der Herdplatte.
Im Dezember kochte Lastivka. Drei Wochen lang roch das Haus nach gebratenen Zwiebeln, gekochtem Kohl und Lebkuchen. Backblech um Backblech mit Weihnachtskeksen stapelten sich auf dem Esszimmertisch. Der Küchenboden

war von einer Mehlschicht überzogen. Sie arbeitete, als hätte jemand ein elftes Gebot entdeckt: *Du sollst kochen.*

Er betrachtete die Pflanzen, die Jade, das Flammende Käthchen, die Geigenfeige. War da nicht ein Gewächshaus in Paris gewesen, seine Hand auf Lidas Brüsten, der Geruch ihres Haars und des Immergrüns?

Seinerzeit hatte er sich bis zum Rand mit Vergnügungen gefüllt, wie eine Pflanze, die Wasser aufsaugt. Vom ersten Saugen an der Brustwarze seiner Mutter bis zu Mrs. Glick, Mathilda oder Lida, hatte sein einziges Lebensziel darin bestanden, sich Genuss zu verschaffen.
Was war er nur für ein Egoist. Er war einer Wahnidee nachgehangen, wie sein Vater, der Priester.
Er würde sich irgendwie retten müssen. Nicht nur sich. Den ganzen unerträglichen Menschenschlag! Morgen schon würde er, mit einer großartigen Geste, alles zurückverlangen, seine eigene Vergangenheit, die Geschichte seines Volks!
Er lag auf seiner Bettdecke, während der Regen in Bächlein über das Dach rann.
Er war nackt und kroch unter dem Kristallgitter der Sterne durch das Weltall, da rief eine Frauenstimme seinen Namen. Er blickte über seine Schulter. Dann begann er zu fallen. Er fiel lange Zeit, bis er schließlich in seinem alten Bett in Rozdorizha landete. Draußen wirbelten Schneeflocken wie zerfetzte Sterne herum. Er hörte die Kirchenglocke läuten, obwohl er tot war.

Er blinzelte in die Weihnachtsbeleuchtung von gegenüber. Er erhob sich, schlüpfte in seinen blauen Bademantel und hinkte ins Badezimmer.
Ein Pferd flog über die Garage. Gepeitscht vom Regen, mit

wilder Mähne, flackerte die Wetterfahne nord-nordöstlich durch die Nacht.
Er dachte daran, wie sein Onkel zu Weihnachten auf einem Pferderücken angekommen war und wie seine Mutter die Söhne zusammengerufen hatte – Ihor, Zenon und ihn –, um bekannt zu geben, dass ihr Vater gestorben war. Das war ihr Weihnachtsgeschenk: nichts Geringeres als die Wahrheit. Ihor kapierte natürlich nichts. Und es dauerte Jahre, bis Stefan herausfand, auf welche Art sein alter Herr gestorben war. Damals schien ihm die Geschichte grotesk.
Und auch an jenem Tag, als Orko und er zu Mrs. Glick gegangen waren, war mitten am Feld ein Pferd gestanden, eine Stute. Mrs. Glick, die wie eine Nadel in den Stoff der Zabobons stach.

In jenem Sommer erkrankten die Heuschrecken. Sie starben plötzlich, in der Luft, zu Zehntausenden. Ihre brüchigen Körper knisterten unter den Schuhsohlen und verstopften wie Laub die Kanäle. Der Alte Ivan sammelte Säcke voll, emaillierte sie und verkaufte sie später als Weihnachtsschmuck.
»Weißt du, wer Christopher Columbus ist?«, fragte Orko Stefan.
Sie hatten gerade gelernt, dass die Welt, wenn man der Bibel glaubte, 1492 hätte enden sollen.
Sie saßen unter einem Weidenbaum vor dem Schulhaus. Die Pause dauerte so lange, wie Mr. Krawchuk brauchte, um zum Wirtshaus und zurück zu gehen.
»Klar.«
»Dann komm mit.«
Orko führte ihn durch Alleen mit Pappeln, über die Hängebrücke, an den Ort, wo der alte Mann Voroch, der behaup-

tete, er habe Teufel gesehen, die vor der Kirche *Hopak* tanzten, von einem Blitzschlag geröstet worden war.
»Wohin gehen wir?«, fragte Stefan.
»Einen anderen Kontinent ansehen. Eine andere Welt.«
Sie erreichten ein Haus, das von weißem Lattenzaun umgeben war, über den schwarze Sonnenblumengesichter ragten.
In der Luft schwirrten Bienen, Lerchen und Kohlweißlinge. Keine Heuschrecken.
Auf der anderen Seite des Hauses erstreckte sich eine Wiese, getupft mit Mohnblumen. Eine einsame schwarze Stute verschlang schmatzend das Gras.
»Wollen wir das Pferd stehlen?«
Leise, deutete Orko und schlich durch die Wiese zu einem schwankenden Apfelbaum, den er flink erkletterte. Stefan folgte ihm. Sie ließen sich auf einem der oberen Äste nieder. Zuerst sah er nur das Gras und eine Weide. Plötzlich begann sein Herz zu pochen und er brach in Schweiß aus. Er hielt sich am Ast fest.
Unter der Weide, in der prallen Sonne, lag eine nackte Frau, umrahmt von einem braunen Tuch und von verbranntem Gras.
»Wer ist sie?«
»Mrs. Glick.«
Sie lag am Rücken. Ihre Beine lagen gespreizt in Richtung der Jungen und so konnten sie das wilde Moos an der Gabelung sehen. Ihre Brüste waren von braunen Mohnblumen bedeckt, ihre Haut schimmerte wie feuchtes Mahagoni, mit Sonnenlicht aufpoliert. Ihr Gesicht war unter einem Sonnenhut versteckt, bis sie sich aufsetzte.
Es war das schönste Gesicht, das Stefan jemals gesehen hatte. Sie blinzelte in Richtung des Zauns, vielleicht weil sie fremde Augen auf sich gerichtet fühlte. Doch sie bedeckte

sich keineswegs, sondern öffnete ihre Beine, wischte den Schweiß von ihren Wangen und ließ ihre Hände zwischen die Oberschenkel gleiten, wo irgendetwas – ein Grasblatt oder ein totes Insekt – sie zu zwicken schien.
Schwarze Fliegen schlemmten in den aufgeschlagenen Knien der Jungen. Auf der schmutzigen Straße verschwammen ihre Schatten und verflossen mit denen der Äste. Sie blieben, bis Orko einen Wagen vorbeituckern hörte, dann rasten sie über die Wiese, das Gras wurde schwarz und die wenigen überlebenden Heuschrecken meditierten über ihren Sünden, als die Sonne unterging.
Von nun an suchte er den Aussichtspunkt regelmäßig auf. Zwei Mal unternahm er sogar Exkursionen zum Möbelgeschäft, um Mrs. Glick bekleidet zu sehen. Zwischen den lackierten Schränken und Stühlen schwitzte er und ließ nervös den Blick durch den Raum gleiten. Alles, was er sah, war der fette Mr. Glick, der an jedem Finger beider Hände Diamantringe trug. Als die Tage kürzer wurden, ging er immer noch zum Feld, aber das einzige Nackte, was man jetzt sah, waren die Bäume. Bei den Samstagsbeichten überging er das Thema Mrs. Glick. Er fühlte sich schuldig. Aber wem konnte er davon erzählen? Orko? Ein Sünder konnte ja nicht gut den anderen Sünder entlasten.
Jahre später erfuhr er, dass seine Mutter seinen Vater wegen dieser Frau verlassen hatte. Und dass sein Vater, ein Priester, an Syphilis gestorben war.

Schnee und Schlaflosigkeit ließen langsam die Grenzen zwischen den Welten verschwimmen.
An diesem Morgen steht Stefan früh auf und zieht ein Hemd an, das im Licht der Lampe cremefarben schimmert. Seine Fliege. Sein zweireihiger grauer Anzug. Der graue wollene

Übermantel, an dem die meisten Knöpfe fehlen. Er versenkt eine Pfeife und Sobranitabak in seiner Tasche, nimmt den Spazierstock mit dem Delfingriff, seinen adrett zusammengefalteten Filzhut und begibt sich nach unten.
Das untere Stockwerk ist voll von Menschen. Neffen, Großnichten, beinahe antike und an den Rändern schon leicht verfärbte Cousins, die sich wie Flechten an die Sofas schmiegen. Der alte Mann arbeitet sich langsam, aber zielgerichtet durch das Chaos. Er ist inzwischen schon so etwas wie ein Geist. Yuri rollt sich unter dem Weihnachtsbaum zusammen. Stefan hebt den Telefonhörer ab.
»Was machst du, Onkel?«, fragt Lastivka, die gerade eine Schüssel *Kutia* mit Plastikfolie überzieht.
»Ich fahre nach Red Brook«, antwortet er.
»Willst du nicht Eddie und die Kinder beim Einkaufen begleiten?« Sie schaut verdutzt. Red Brook heißt der ukrainische Friedhof, auf dem sich die Familie seit einiger Zeit ein ansehnliches kleines Grundstück leistet.
»Nein, diesmal nicht«, lächelt er und geht auf die Tür zu.
Ein Kind stößt einen Schrei aus. Lastivka ruft: »Darka!«
Auf dem Sofa streiten die Zwillinge: »Trotzdem ist es ein deutscher Feiertag, dieses Weihnachten, mit den Geschenken.«
Nie wieder wird er sich diesen Unsinn anhören müssen.
Er schüttelt seinen Kopf, als würde er sich Wasser aus dem Ohr schütteln, gießt die Familie aus, durch die er gewatet ist. Ein trauriger Haufen, wohin man auch blickt. Er wünscht, er hätte ihnen etwas sagen können – Pavlo, Orest und Ihor, Anton, Olga, Yarka und Arkady und Lastivka – irgendetwas, ein Stückchen Weisheit, um sie zu heilen. Aber er erinnert sich an seine Mission. Er nickt, murmelt etwas vor sich hin, setzt seinen Weg fort.

Während er in der Kälte auf das Taxi wartet, schaut er auf die Kiefer, die über dem Haus thront. Sie war ein Schößling, als sie hier vor einem Jahrzehnt einzogen.
Sie brachten die Garage in Ordnung, zähmten den Garten, strichen das Haus, installierten einen neuen Boiler, pflanzten einen Kirschgarten auf der Ostseite des Hauses.
Heute sehen der Hof und das Haus wieder genauso schäbig aus wie damals bei ihrer Ankunft.
Er nimmt eine Schaufel aus der Garage. In einer Hand hält er den Stock; in der anderen die Schaufel.

Im Taxi holt er seine Pfeife heraus, aber er füllt sie nicht. Es reicht ihm, sie in der Hand zu halten. Bald fährt das Taxi nach Westen, auf der Route 22. Und Stefan hat nichts dagegen einzuwenden. Er hat nichts gegen irgendetwas einzuwenden.
Die Route 22, mit ihren tausenden neonbeleuchteten Geschäften, Schuhpalästen, neben Schrottplätzen und Lunaparks.
Seine Mission nimmt ihn völlig in Anspruch. Er wendet sich vom Fenster ab und zieht einen Brief aus seiner Tasche. Der Brief ist drei Jahre alt und beginnt mit den Worten *Lieber Vater*.
Die Anrede erschreckt ihn heute ebenso wie damals. Er hat nie geheiratet. Der Junge – aber der Brief ist von einem nicht mehr jungen Mann – ist der von Lida. Lida, die er in Paris zwischen den Kriegen geliebt hat. Und die ganze Arbeit, die in seine *Metaphysik der Ehe* geflossen ist. Unter der Erde wird es ihm besser gehen.

Der Fahrer sagt, dass er seit dem Blizzard im Jahr 1948 keinen solchen Sturm mehr erlebt hat. Stefan nimmt kaum Notiz von seinen Worten. Er ist tief in eine andere Welt versunken. Als der Wagen hält, hebt er verblüfft den Kopf. Ein kaputter Reifen. Aha, er soll aussteigen.

Er lebt unter Fremden. Er wünscht sich, dass zumindest eine Person existierte, vielleicht eine Ehefrau, oder auch ein Priester, ein einziges Wesen, das ihn wirklich kennt. Er lächelt, klopft den Schnee von seinem Hut, und jetzt bläst der Wind, also legt er den Schal wieder an, den er vor einer Minute in seine Tasche gestopft hat.

»Diese Schrauben sind verklebt.«

Der Fahrer spricht mit einer solchen Sicherheit von Gegenständen aus der materiellen Welt. Er ist ein Amerikaner und trägt keine Last aus der Vergangenheit mit sich herum. Sein Hassgefühl und seine Liebe sind instinktiv. Er mag eine Glatze haben oder zu mager sein, aber seine Seele ist groß. Amerikaner umarmen sogar Russen. Was kümmert sie das, was der Dichter Deke die Stammeskriege Europas nennt?

Claudia aus dem Woolworth's wird ihm abgehen und John Blacklips, der Briefträger.

Der Reifen entgleitet den Händen des Taxifahrers. Schnee löscht alles aus. Sie könnten sich ebenso gut auf dem Eis eines sibirischen Sees befinden wie auf der kleinen Autobahn namens Route 22 im nördlichen New Jersey am Weihnachtstag inmitten eines Blizzards.

Das ist ein Schwindel – wie Lenin sagte, als ihm klar wurde, in welchem Ausmaß die Arbeiterklasse betrogen worden war. Jeder hatte sie übervorteilt: die Aristokraten, die Geschäftsleute, ihre eigenen Kinder. Arbeiter schwitzten sich die Seele aus dem Leib und hofften, dafür in den Himmel zu kommen, während der Rest der Welt die Früchte ihrer Arbeit erntete. Aber für Stefan bedeutet der Satz noch mehr: Es ist ein Schwindel. Was? Das Leben. Die Welt. Alles zusammen. Ein Schwindel? *Es* ist eine kosmische Halluzination. Das einzige Argument dafür, die Spielregeln einzuhalten, ist, dass man die Regeln dadurch besser kennen lernt. Doch es liegt außerhalb der Vorstellungskraft, das Spiel selbst zu verstehen. Identität ist eine Lüge. Geschichte ist eine Lüge. Psychologie ist die Geschichte der Lügen. Und so weiter. *Oben* und *unten* sind keine naturgegebenen Begriffe. Es sind Kategorien, die von »oben« erfunden wurden, um »unten« unten zu halten. Einstein sagte das Nämliche in der Sprache der Physik. Es brach eine Tür auf. Wir sind freier als wir wissen, freier, als wir wissen wollen. Wir erfinden uns selbst. Aber es fehlt so sehr an Richtlinien. Wir sind gerade noch fähig, eine gute Bouillabaisse zu machen. Wir sollten also nicht zu viel von der menschlichen Seite erwarten.

Er erinnert sich ganz genau an das letzte Mal, als er und Lida miteinander geschlafen haben, aber er erinnert sich nicht an das Gewächshaus. Ihm fallen ihre Brüste unter dem engen blauen Kleid ein und ihre Zunge auf seiner Wange.

Wie beschämt ich über mein Leben bin. Ich möchte dich mit meinem Geständnis nicht in Verlegenheit bringen. Die Liste meiner Sünden wäre zu lang. Aber ich kann nicht schlafen und ich kann kaum sprechen, weil ich mich so geniere für meine Art zu leben … und jetzt kann ich nichts mehr tun.

»Tut mir Leid, Kumpel, aber heute kommen wir nicht mehr weiter …«

In düsterer Stimmung, als wäre diese Nacht ein wildes Fest der Traurigkeit, sickerten die Gäste am Weihnachtsabend in das Esszimmer der Vorogs. Zuerst kamen Blind Peter und Teta Vera, gefolgt von Edward und Lilka Zaremba und den Zwillingen (»Es ist ein deutscher Brauch, dieser Austausch der Geschenke …«, flüsterte George in Pavlos Richtung), danach Valentyn, Darka, einige weitere

Kinder und dazu ein halbes Dutzend Bluts- oder Zweckverwandte der Vorogs.

»Was hat der Mond über meine Geschenke gesagt, Teta Lilka?«

»Wunderbare Dinge.«

»Zum Beispiel?«

Sie hörten Stefan. Spät zurückgekehrt von seiner fehlgeschlagenen Mission, trug er seinen grauen Anzug und eine Fliege, die an einen zweiten Schnurrbart erinnerte, und er lehnte schwer auf seinem Stock mit dem Delfinkopf. Sein einziges Erinnerungsstück an den Ausflug war eine rote Nase. Er nieste schlimmer denn je.

Bo spürte, wie der Raum sich füllte.

Die Besucher sanken in Trance. Am weißen Tischtuch, nahe vom Kronleuchter, saß eine gefüllte Suppenschüssel mit Borschtsch. Die Oberfläche der Suppe war getupft mit öligen Heiligenscheinen. Die goldenen Kreise erinnerte ihn an die Augen des Karpfens, den Lastivka vorhin entschuppt hatte. Der erste Teil des Abends gehörte dem Tod.

Mit einer Grabesstimme, die jener von Diakon Procak ähnelte, wenn er die Apostelgeschichte vortrug, sprach Stefan: »Lasst uns an jene denken, die nicht mehr unter uns sind …«

Bo beobachtete, wie sich rings um den Raum schneebedeckte Berge nach oben wölbten. Das Kerzenlicht zitterte im Wind.

Bei jedem Namen entstand ein Gesicht vor Stefans Augen. Er sah, wie die Köchin Jadviga eine Gans über den Vorplatz ihres Urgroßvaters jagte, sie am Hals packte; die Juden, unter ihnen die legendäre Mrs. Glick, wurden von den Nazis auf den Platz getrieben; Madame Poprovska ritt auf einem weißen Pferd durch einen Pariser Park; Ihor wurde von der Polizei mitgenommen, Zenon von den Deutschen erschossen.

Heute Abend hatte der alte Mann Geschichten zu erzählen. Ausnahmsweise hielt er sie nicht zurück.
Er sprach über Fedor, der an einem Weihnachtsabend nach Hause gestolpert war, wofür ihn seine Frau mit einem Messer belohnte, das sie ihm durch den Hals stach. Dann kam das Bombardement von Lemberg. Und das von Wien. Der Tag, an dem Stefan nicht in den Luftschutzkeller ging, als die Sirene heulte. Er lag in einer Wanne, als die Bombe die Mauer niederbrach und einen Pfeil in seine Seite schoss. Am Klavier saß der schmierige Meister Rakovsky, von dem es hieß, er habe sein Land doppelt verraten, zuerst an die Deutschen, dann an die Russen, der aber jedenfalls emigrierte, nur Gott wusste, aus welchem Grund. Er war Lastivkas Klavierlehrer im Flüchtlingslager gewesen. Er konnte stundenlang improvisieren, man bekam den Eindruck, dass der Geist von Liszt seinen Körper völlig beherrschte. Und es war sein Talent, betonte Stefan, das Talent einer Seele, die fähig war, die Widersprüchlichkeit der Erfahrung in Harmonien zu übersetzen, das ihn letztlich verraten hatte.
Die Moral davon, fügte er hinzu – und er starrte Bo ins Gesicht, der als Einziger zuzuhören schien –, sei, dass kein Talent, egal wie erstaunlich oder wunderbar es war, einen Menschen *gut* machte.
Je länger er sprach, desto mehr lebte Stefan auf. Seine Erinnerung spielte eine ungeschliffene Fuge. Niemand konnte ihr folgen. Die anderen hatten ihre Tränen längst getrocknet und ihre schwarzen Gedanken niedergekämpft. Sie waren bereit, in der Gegenwart zu atmen. Arkady gähnte, Lilka nahm einen Löffel und klopfte gelangweilt an ihre Suppenschüssel. Aber der alte Mann sprudelte über vor Geistern. Sie schwollen in ihm an wie Segel, die sich im Wind blähten. Er lachte, zwirbelte die Speerspitzen seines Schnurrbarts und erzählte schmunzelnd, wie sein Bruder Zenon

eines Morgens ausgezogen war, um die Staffelei zu suchen, auf der der Himmel ruhte. Bo sah über dem Tisch ein Gestell mit Bruchstücken des Himmels schweben. Stefans Stimme überschlug sich beinahe, der Geschwindigkeit der Musik folgend, die unter Meister Rakovskys Fingern entstand. Lemberg, Premyśl, Berchtesgaden: Namen und Menschen, die einst durch Jahrzehnte und Meilen getrennt waren, rieben plötzlich wie Gewänder im Kleiderschrank aneinander. Stefan hatte sie alle getragen und abgetragen.
Dann legte Lastivka eine Hand auf die Schulter ihres Onkels und er wachte auf. Er blinzelte, fuhr mit der Zunge über seine Lippen, rezitierte das Ave-Maria und das Vaterunser, sprach den Segen aus und gab den Teller mit heiligem Honigbrot weiter.
Das Essen wurde serviert.

Er erwachte von einem neuen Geräusch: Plop, plop. Eine undichte Stelle im Dach. Wasser sammelte sich in einer Senke auf dem Boden neben seinem Bett. Er blickte auf die Odaliske, die in orientalischer Pracht an seiner Wand faulenzte. Lidas Wangen. Er zog das blaue Bettlaken bis zu seinem Hals. Unzerknittert, frisch gewaschen. Er dachte an die Harfenspieler bei Lastivkas Hochzeit, an die Hotdogs auf Ellis Island, an das kaffeefarbene Wasser, das gegen die Boote im Hafen klatschte; Martines sanfte Brüste in der kühlen Septemberbrise; an seinen Vater, dessen Begräbnis er verpasst hatte, während eines Ausflugs zum Simplon-Pass in der Schweiz; an die italienische Grenze, Kuhglockengeläut hinter ihm, danach ein Kaffee in dem Restaurant im Örtchen Brig, eine Kellnerin mit freimütigem Lachen und breiten Hüften. Und in der tiefen Stille, nach Jahrzehnten, in denen ihn der Lärm der anderen, der Städte, der Kriege, umgeben hatte, begann er eine andere Stimme zu hören. Zuerst klang sie leise und entrückt. Allmählich wurde sie klarer. Es war die Stimme eines anderen Ichs. Das Leben spielte vor einem Ein-Mann-Publikum. Sollte er sein Gebiss einsetzen? Der Idiot Ihor war verhaftet worden und verschwunden – unauffindbar, wie Zenon sagte. Nichts stirbt und Teile von mir werden ebenfalls weiterleben. Teile von mir. Verschwendetes Leben. Suchtkranker, Gefühlskranker, Marionette der irdischen Gewalten. Wenn Eros sie nicht retten konnte, was dann? Trotzdem. Sogar im Sterben lag ein Genuss. Er bereute nur die Momente des Zorns, der Grausamkeit. Lass uns alle friedlich das Königreich des Staubs betreten.

Seine Mutter bewegt sich durch weiches, weißes Licht, aber er kann ihr Bild nicht festhalten. Alles um ihn tanzt. Der gelbe Schrank verschwimmt in der blauen Wand. Das Foto Gottes blutet aus dem Rahmen. Das Fieber schickt blitzschnell Farben und scharfe Gedanken durch sein Gehirn, die sogleich wieder zerrinnen. Er kennt dieses Gefühl aus der Schule, wenn er Wörter ansieht, die zuerst hart sind und sich schließlich wie Berge nach oben wölben, bis man nicht mehr weiß, was sie bedeuten: Bis man höchstens noch ihre Form bewundern kann. Im nächsten Moment sind die Wörter so klar wie das Wasser eines Bächleins, er sieht durch sie hindurch auf die gebuckelte Kröte und die orangefarbenen Fische und das Wasser drückt ihn vorwärts. *Warum?* Es scheint keinen Grund zu geben. Jetzt schreien ihn seine Soldaten an. Sie sitzen in ihrem Lager auf dem Boden. Sie bluten; sie seufzen. Seine Mutter wird dem Zerbrochenen helfen, seinen Arm zu finden. Gehirn aus Kalkstein, Teichschlamm, Fischreiher, Mokassinschlange. Gehirn des

Sommers. Sommergehirn. Er möchte nie wieder in die Schule zurück. Billy Weir ist ein Bastard. Er ist sich nicht ganz sicher, was das Wort bedeutet; er kann nur raten, liegt auf dem feuchten blauen Bettlaken und dreht das Wort hin und her; feucht vor Fieber und Schweiß und seine Nase gereizt vom Franzbranntwein. Isopropyl! Er hat einmal mit Rick über Mädchen gesprochen und er hat ihm von seinem Ringkampf mit Darka erzählt. Er hört, wie jemand draußen vor dem Fenster beim Maulbeerbaum lacht. Seine Mutter sitzt am Bettrand und hält eine Teetasse mit Zitrone und Honig in der Hand. Sie duftet wie mit Maulbeerwasser übergossene Blätter. Sie fährt mit den Fingern durch seine Haare. Seine Seele beginnt sich aufzulösen, sein Gesicht ist nicht mehr sein eigenes, er hat seinen Körper verlassen und hängt in der Luft, nicht weit vom trüben Beleuchtungskörper, eine Motte flattert um den Kopf seiner Mutter, die sich über ihn beugt. Im Hintergrund hört er die Stimme seines Vaters. Er ist nicht weit, er zwinkert ihm zu. Bo liebt ihn, obwohl er schreit. Er hat den untertassenförmigen Briefbeschwerer gekauft. Onkel Stefan ist tot. Sein Vater stellt den Briefbeschwerer auf seine dicke Kante und versetzt ihn in Drehbewegung. Er kreiselt – eine Ballerina oder eine eiserne Murmel, die in einen Trichter rollt. Langsam schlingert sie nach unten, das Geräusch verändert sich beim Abbremsen, bis zum letzten lauten Knall. Sein Gehirn ist aufgespießt auf weißen, heißen Nadeln. Einmal hat seine Mutter gemeint, wenn er Englisch sprechen würde, würde sie seine Zunge mit einer Nadel durchstechen. Aber er liebt die englische Sprache, weil die Wörter einen Geschmack haben und die alten schmecken nach gar nichts. Englische Wörter hellen die Umgebung auf. Ein Stuhl hat ein Kissen, aber *krislo* ist aus hartem Holz. Seine Mutter fragt, ob er eine Geschichte hören möchte, und er möchte, aber seine Augen sind schwer und sein Kopf schmerzt vom Durchzählen der Soldaten. Seine Mutter singt. Er schließt seine Augen und schläft ein.

Bo nähert sich dem Bett, auf dem der Körper liegt, bis zum Hals in ein blaues, griechisches Tuch gewickelt. Der lange Kopf wird von einem blauen Kopfkissen umrahmt. Er sieht aus wie eine Muschel auf dem Grund des Ozeans. Bo denkt daran, wie er mit Stefan zum Strand in Wildwood gegangen ist und in die Wälder der Karpaten. Bo hat noch immer Fieber. Er fühlt die Gegenwart der anderen, hört im Hintergrund seine Mutter mit Teta Vera flüstern, sie geht hinaus, kommt wieder zurück. Er steht jetzt ganz nahe und riecht etwas Säuerliches, wie schimmliges Brot. Er spürt den Drang, eine Hand auf Stefans Stirn zu legen, um den Tod zu berühren. Er wagt es nicht. Er spürt, dass er lange in der Sonne war. Er ist durchsichtig. Es ist, als wäre er selbst gestorben. Vielleicht möchte der alte Mann eine letzte Sache zu ihm sagen und hat ihn von den anderen weggezaubert. Stefan spricht nicht mehr wie früher. Er kann jetzt nicht mehr mit seiner tiefen, präzisen Stimme über die Kohle- und Naphtagebiete südlich von Lemberg Auskunft geben oder über eine geheimnisvolle Vergangenheit scherzen und er kann auch seine Hand mit den langen Fingern nicht mehr auf Bos Schulter legen und zudrücken und es gibt auch keinen Pfeifenrauch mehr, durch den hindurch er über Paris und die Mädchen der Stadt erzählen kann.
Spitzenvorhänge bauschen sich auf und fallen zusammen, wie Lungenbläschen. Das Haus atmet und der Priester schwappt mit der Menge herein, die Menge schwappt ihn nach draußen.

Er wird in Red Brook begraben. Das Begräbnis läuft nicht nach Plan. Der Totengräber hat verschlafen und als sie beim Grab ankommen, müssen sie warten.
Pater Brodin schwingt sein Weihrauchfass. Die Trauergäste, unter ihnen John Blacklips und Claudia, atmen den Weihrauch ein.
Ein Monat vergeht, dann erst begreift Lastivka, dass er fort ist.
Sie hatte das Gefühl, sein Tod habe außerhalb ihres Vorstellungsvermögens stattgefunden. Natürlich hatte sie Tränen vergossen, als der Sarg nach unten ratterte und die Trauergäste *Vichnaya Pamyat* sangen. Wer glaubt schon im Ernst, dass man sich für immer an ihn erinnert? Am Ende steht die Auflösung in einer Mischung von Staub, Rosenblüten und Regen. Bei der Leichenfeier hatte sie all den Gästen in die Augen geschaut, den Freunden aus der Alten Welt. Aber im Nachhinein kam ihr vor, sie wäre den ganzen Nachmittag an einem anderen Ort gewesen. Eines Nachts, als sie das erste Mal seit Monaten mit Arkady geschlafen hatte, fragte er sie, woran sie dachte. »Ich bin immer teilweise an einem anderen Ort«, vertraute sie ihm an.
Es kam ihr zu Bewusstsein, als sie den Esstisch polierte. Eine Mandeltorte wurde gerade im Ofen braun. Eine Welle der Trauer. Plötzlich und sehr stark. Ihr Herz schien ihre Lunge herausdrücken zu wollen: Ihr Atem stockte. Sie rannte nach unten, um mit Lilka zu sprechen. Aber Lilka war schon ins Krankenhaus gefahren. Sie versuchte Freunde von der Kirchengemeinde anzurufen. Niemand war erreichbar. Sie schritt nachdenklich durch das Haus, hob Stühle in die Höhe, stellte sie nieder, drehte den Vorhang zusammen und entfaltete ihn wieder.
Bo beobachtete sie. Als er fragte, was denn los sei, antwortete Lastivka: »Ruf ein Taxi.«

»Wohin fahren wir?«
»Red Brook«, sagte sie zum Fahrer.
Vor Jahrzehnten hatte sie hunderte Stunden auf Friedhöfen verbracht, hatte dort Steinbeck, Lagerlöf und all die anderen gelesen.
Sie vermisste ihre Geister.
Auf dem Grabstein waren die beiden maßgeblichen Daten eingraviert und darüber erhob sich ein byzantinisches Kreuz. Es war noch Platz auf dem Stein für sie und Arkady.
Zur Stunde der Vögel nahm sie das Schäufelchen aus ihrer Tasche und begann mit der Grabung.
Sie wusste nichts von Stefans letztem Plan.
Die Wintersonne war irgendwo hinter einem Himmel aus Schieferplatten gestrandet. Ein Chor von Staren, die sich in der Eiche eingenistet hatten, zwitscherte ohrenbetäubend. Die Erde war nach einem trockenen Monat hart und ausgehungert. Sie schaufelte und schaufelte. Warum hatte sie gebetet, warum hatte sie sich Sorgen gemacht? Nichts davon half auch nur im Geringsten. Sie dachte an ihren Vater Zenon. Was war er doch für ein seltsamer Mann gewesen; sie hatte seine geisterhaften Besuche so gemocht. Auch im wirklichen Leben war seine Berührung sanft gewesen wie die einer Katze. Sie erinnerte sich an einen Morgen, als Natalka krank gewesen war und Jadviga unterwegs. Sie hatte sich gerade für die Schule fertig gemacht, das bedeutete, sie flocht ihr sandblondes Haar. Zenon nahm auf Bitte seiner Tochter die Bürste zur Hand. Seine Finger fuhren durch ihr Haar wie Regen durch das Schilf. Sie standen vor einem Spiegel. Sie sah seine Umrisse ganz scharf. Sie fixierte seine Augen, die hinter den dicken Bifokalbrillen so entfernt schienen, als würde er in seinem Arbeitszimmer sitzen, Pfeife rauchen und ein Buch lesen. Seine Hände bewegten sich mit Anmut. Was waren seine letzten Worte zu ihr ge-

wesen? Dass er sie in einer Woche treffen würde? Noch ein Mann, der log.

Stefan wurde ihr Vater. Am Schluss war auch er unerreichbar gewesen. Seit Weihnachten hatte ihm etwas auf der Seele gelegen. Eines Nachmittags, als sie ihm eine Suppe brachte, hatte sie ihn dabei ertappt, wie er Schriftstücke zerschnitt. Er ließ sie in ein Säckchen fallen und bat Lastivka, es zu verbrennen.

Sie erinnerte sich an die alte Frau auf dem Schiff, die gesagt hatte, sie würden schrecklich leiden, weil sie ihre Geister vergessen hatten. Aber sie hatten sie gar nicht vergessen. Sie hatten alles Menschenmögliche unternommen, um sich mit ihnen anzufreunden.

Sie blickte wütend um sich, ohne das Eichhörnchen zu bemerken, das unter der nackten Forsythie saß und sie beobachtete.

Währenddessen spazierte Bo zwischen den Grabsteinen umher.

Nach einiger Zeit ging er zum öffentlichen Telefon am Eingangstor und rief Arkady in der Arbeit an.

Als dieser erschien, hatte Lastivka ein Loch gegraben, das einen Fuß breit und zwei Fuß tief war. Der Mond war aufgegangen und sie war bereit, heimzufahren.

Zu Hause klopfte sie ihre Schuhe aus und sank auf die Couch. Sie umarmte den Mantel, in dem sie steckte.

Am nächsten Morgen fand der Sohn, auf dem Weg ins Badezimmer, Vater und Mutter, vollständig angezogen, ineinander verschlungen, am Boden.

Wind fegt durch die Zweige. In weiter Ferne heult ein Kind.
Toor Zabobon öffnet seine Augen. Sie sind Monde. Sie beleuchten den Boden vor ihm. Er gähnt. Fledermäuse fliegen aus seinem Mund. Er kratzt sein schwarzes, behaartes Gesicht. Seine Zunge, lang wie eine Schlange, schnellt heraus und betastet seinen Schnurrbart, der steif ist wie Wacholder. Er leckt eine Franse von seinem Bart, der ihm bis zu den Knien reicht und das Gras berührt.
Er ist hungrig. Das ist wichtiger als alles andere. Einer seiner Arme greift nach oben in das Geäst, wo er ein Vogelnest erschnüffelt hat. Seine Finger schließen sich um das Rotkehlchen, das erst erwacht, nachdem es tief unten in seinem Schlund angelangt ist.
Toor steht da, fürs Erste gesättigt. Seine Augen bohren sich in das Fenster im zweiten Stock, das sich auf der Höhe seines Kinns befindet.
Wer ist denn das?
Er beugt sich nach vorne und sein heißer Atem rüttelt an der Scheibe. Er sieht zwei Gestalten am Fußboden liegen, die sich aneinander schmiegen. Sie sind ihm unbekannt.
Er richtet sich auf und blickt umher. In welch kleinen Häusern die Menschen wohnen! Und sie haben so viele Fenster. Was machen sie denn, wenn es schneit? Er atmet tief durch und versucht nachzudenken, aber das Denken fällt ihm nicht leicht.
Seine Zunge gleitet über einen Knochen zwischen seinen Zähnen. Sein Körper juckt. Ist er immer so behaart gewesen? Oder haben diese Haarbüschel während seines Schlafs Wurzeln geschlagen?
Irgendetwas stimmt hier nicht. Er schielt noch einmal durch dieses Fenster, betrachtet die Gesichter genauer. Ein derber Kerl, aber gutherzig, denkt er bei einem Blick auf den

schnarchenden Arkady. Lastivkas Gesicht kommt ihm vertraut vor. Eine gute Frau. Seien sie beide gesegnet. Und er dachte, sie wären Verwandte – aber woher kam diese Idee? Manchmal geraten einem Worte in den Sinn, die direkt in der Umgebung umherschweben.
Und wo ist Olha, seine Frau? Er erinnert sich an die Tataren. Er tastet an seinem Hals nach den Tassen aus Totenschädeln, aber sie sind fort. Er schnüffelt in der Luft, seine Nase knittert sich zusammen wie ein monströses Raupenfahrzeug. Gift, denkt er. Die Luft ist gesättigt mit Gift, es riecht, als würde ein Feind in dieser Gegend Hexenkräuter verbrennen.
Flüchtig huscht ein Eichhörnchen an ihm vorbei. Seine Hand schießt nach vorne wie ein Falke.
Er hat wieder Hunger. Aber was dann?
Dieser Ort ist ihm vertraut. Er ist nicht das erste Mal hier. Es ist nicht Rozdorizha, aber es ist ein bekanntes Terrain.
Er blickt auf den Korridor der Jahrhunderte hinter sich und er blickt nach vorne. Er sieht die Gesichter von Kindern, die seine Kinder zur Welt gebracht haben; er erinnert sich an seine Mutter, lächelt; sieht das hagere Gesicht seiner Großmutter, zieht eine Grimasse, fährt mit seinen Klauen nach hinten durch die Haarbüschel, drängt sich durch die Kiefern, deren Nadeln in seine schuppige Haut stechen, und er blickt zu Boden. Seine Zehen wachsen sich zu Wurzeln aus.
Er wirft einen Blick durch ein anderes Fenster. Ein Junge, der sich eigentlich für die Schule bereitmachen soll, wälzt sich im Traum hin und her.
Er beugt sich nach vorne. Wovon träumt das Kind?
Toor schnaubt. Eine Gestalt, die wohl kaum zu den Menschen zählt, bewegt sich durch den Garten. Ein Wesen, das nur aus Kraft und Appetit und Liebe besteht, starrt durch ein Fenster des Hauses in Free Fall, New Jersey. Seine Füße

versinken tief in der Erde. Er kratzt sein Kinn und blickt in den Himmel, als würde er erwarten, durch die Wolken zu sehen und durch die Dunkelheit auf die andere Seite. Baumrinde bedeckt langsam seine Haut. Er wirft seinen Kopf zurück und lacht.

Danksagung

Dieser Roman, und sicherlich sein Autor, verdanken zumindest ihr Leben einigen Freunden: Alex, Peter und Lynn, Sharon und John, Tom, Bill und Beverly, Stuart und Karen, Jeffrey und Tom (ohne bestimmte Reihenfolge). Mein Dank auch an die Orte, die mir das Schreiben erleichtert haben: Cranford, Provincetown, Cambridge, Leverett, Ryegate und Bedford. Und schließlich meine beständige Dankbarkeit an meine Lektorin, Fiona McCrae.

Teile dieses Buchs sind in früheren Versionen in *Mss, The Gettysburg Review* und *The Denver Quarterly* erschienen.